アイリーン
テルミス

「貴女のスキルは良くないし、
貴女自身の性格的にも
戦うのは苦手かもしれない。
でもクラティエ帝国には、
スキルなんか関係ない世の中を
作りたいって思っている人がいるの。
だからきっと、貴女が帝国に行くのは
いい転機になると思うわ」

イヴリン

スキルによって
人生が決まらない……？

リトアス川の滝は、
カイルという人が書いた
『カラヴィン山脈縦断記』に
載っているのだ。
本で読んだ滝に行けるのは
とても嬉しい！

ライブラリアン
本が読めるだけのスキルは無能ですか!?
2
南の月 ill. HIROKAZU

CONTENTS

第一章✴悪役令嬢

今、目の前ではきれいな女性が一緒に旅をしたいと頭を下げている。

輝く金色の髪に、見るだけで質が良いとわかるブルーのドレスを着た彼女はやはりお姫様のようだ。

けれど、私の頭は高山病であんまりちゃんと働いていないからか、こんな山奥でお姫様が騎士に追いかけられていたというあり得ない事態を目撃したからか、何も答えられず固まっていた。

「ちょっとー。その前にこれって今どんな状態なのー？　アイリーン、貴女(あなた)なんでこんな山奥にいるのよー？」

え？　イヴの知り合い？

未(いま)だ混乱する頭でイヴに視線で問いかけると王宮の夜会で何度か会ったことがあると教えてくれた。

だけど、その情報でさらに混乱する。だって王宮の夜会ならやっぱりお姫様よね？

確かに見た目はとてもお姫様に見える。トリフォニア王国に姫はいないから、他国の!?

他国の姫に山中で襲い掛かるなんて！　まさか！

混乱と疲れで思考がぐるぐるとよくわからない方向へ飛びかけていた時お姫様が話し始めた。

「どう話せば良いのか……私は今でこそただのアイリーンですが、少し前まではアイリーン・メンティアと名乗っておりました。これでも一応侯爵家の者ですの」

なるほど侯爵令嬢だったのか。確かにマナー講義の一環で貴族名を覚えた時にメンティア侯爵家のアイリーンというご令嬢の名前を見たはずだ。

「アイリーン・メンティア侯爵令嬢……。というと、ハリスン殿下の婚約者様ですか？」

ハリスン殿下は、トリフォニア王国唯一の王子だ。そう、唯一。唯一であるがゆえに、次期王であると決まっている。

そういえば、アイリーンを殺そうとしていた騎士も『殿下の婚約者でありながら、嫉妬から聖女候補の女性に嫌がらせをしていた』なんて言っていた気がする。

高山病で気分が悪すぎて、忘れていた。

「えぇ。年齢や身分が適当だったのでしょう。私が7歳の時に婚約者になりました。それから5年間、燃えるような恋はありませんでしたが、互いに大変な王子妃教育や帝王学を励まし合いながら、頑張ってきましたわ」

「そうよー。貴女たちまぁまぁ仲良さそうにしていたじゃない。貴女がこんな目にあっているのに殿下は何をしているのよ」

アイリーン様が少し表情を曇らせる。

「殿下は私を助けになんて来ませんわ。だって私をここへ追放した張本人ですもの」

「なんですって!?」

それからアイリーン様がぽつりぽつりと話すには、ハリスン殿下は王立魔法学校に通い始めた当初、皆から慕われていたらしい。男女ともに、身分にかかわらず分け隔てなく接する様にアイリーン様も含め多くの者が好感を抱いた。

だが1年経ち、一人の女子生徒が転入してくると状況が変わってくる。

転入生は、チャーミントン男爵令嬢。学校内では聖女候補ではないかと言われていたという。可愛らしく、表情がコロコロ変わる彼女に惹かれた男性は多く、殿下もよく話しかけていたとか。

その様子が段々と学友というには親しげになり、アイリーン様は「距離が近すぎるのでは？」と苦言を呈した。

だがその苦言はハリスン殿下にもチャーミントン男爵令嬢にも、身分が低いものへの虐めととらえられたようだ。そのせいでアイリーン様は卒業パーティでチャーミントン男爵令嬢を虐めたという罪で婚約破棄され、国外追放になった……らしい。

「えっと……」

「嘘でしょー？　そんな話ある？　虐めただけで国外追放だなんて、しかも人目のあるパーティで言うなんて。何年も婚約者として親しくしてきた女性によ！　しかもしかも虐められたのが王族ってわけでもないただの男爵令嬢。国外追放なんて普通にないわよ」

そう！　そんな話ある？

それがもし本当だったとしたら、ひどい話だ。そんな人が次代の王様……。

侯爵令嬢であるアイリーン様でも国外追放にされたのだ。私みたいな最低スキル持ちなんて、少しでもミスをした瞬間、いや目に付いた瞬間追放されそうだ。スキル狩りが落ち着いてもトリフォニア王国では生きにくいのかもしれない。

まぁ、王立魔法学校に入学すらできない私は、王宮に行くこともハリスン殿下に会う機会もないのだろうけれど。

それに、こんな横暴……さすがにハリスン殿下が唯一の王子だと言っても、タダじゃ済まないと思うのに、実際にアイリーン様は殺されそうになっていた。なんでこんなことがまかり通っているのだろうか。

「現在陛下は隣国にご訪問されておりますから、今この国で身分が一番高いのがハリスン殿下なのです。ここからは想像ですが、陛下がおられればこんな茶番にならなかったはずなので、陛下がいないうちにとパーティ会場からそのまま騎士に捕縛させ、馬車に押し込んだのかと」

うわ、怖い。権力怖い。そしてやっぱりハリスン殿下のしたことはひどいと思う。

私は現場を見ていないから、アイリーン様が語ったことがすべて本当なのかわからない。もしかしたらアイリーン様にその認識がなくとも、チャーミントン男爵令嬢は傷ついたのかもしれない。けれど、それはそれ。

双方の言い分も聞かず、実際にどうだったかと第三者が調べもせず、馬車に押し込み、殺そうとするなんて、ひどすぎる。ハリスン殿下は人の命を何だと思っているのだ。

自分の一言が、他人の人生を奪う。そんな怖さはないのだろうか……。

私なら怖い。どっちの言い分も聞いて、徹底的に調べて、自分の中でこの人が悪いのだとわかっていても、「何か一つ見落としていたら？」「勘違いはしていないだろうか？」と自問自答を続けるだろう。

決断できなければ王など務まらないのかもしれないが、その決断は王の心を容赦なく傷つける。傷つくから、王は間違いのないよう慎重に決断をするはずだ。

だから私は傷つきながら決断を下す王に王となってもらいたい。

人の心の内を完全に見ることはできないけれど、片方の言い分だけ聞き、まるで自分が役者にでもなったかのようにパーティで追放を言い渡すハリスン殿下は、アイリーン様を追放したことで心を痛めてなどいないだろう。

そんな人が次の王……。

嫌だな。

「そんなことするなんて！　誘拐事件といい、最近のトリフォニアはなんだか酷いわね……。で、あなたこれからどうするつもり？」

王族の横暴に恐怖を抱いた私に対して、イヴはアイリーン様の言葉をさらりと受け入れている。さすがだ。経験値が違う。

「故郷にもう未練はありませんし、むしろ王都に戻れば陛下に叱責された殿下に付き纏われるかもしれませんからこのまま国外追放されてやろうと思っていますわ。だから、お願いです。私を一緒に連れて行ってください。こう見えて王立魔法学校では成績優秀だったので、ある程度腕は立ちます。お二人の足手纏いにはならないようにいたしますから」

卒業パーティからそのまま着の身着のまま追放されたので、ドレスを売るまでお金もないのだという。

うん。やっぱりひどいと思う。本当に罪を犯したのだとしても一旦牢屋に入れるのが普通だろうに。

「どうする？　テルー？」

「私は面倒見てもらっている側なので、わがまま言えませんが、イヴが良ければ一緒に行ければと思っています」

正直、「王族が本当にそんな横暴を!?」という疑念が最初はあったけれど、こんな山奥で人に会えることが奇跡なのだから、アイリーン様がわざわざ私たちを待ち構えて嘘をつくのはちょっと無理がある。

それに何より目の前にいるアイリーン様は嘘をついている感じがしないし、もうそれならアイリーン様を信じたらいいかなって思ったのだ。

「なら決まりね！　私も狩りの間とか、見張りの時とかテルー一人にするのは心配だったし、見張り要員が増えたから睡眠時間が増えるわ！　睡眠不足はお肌の大敵なんだから」

イヴが賛成してくれてよかった。きっと私がこの旅の間楽しく過ごせているのは、出発前に少し準備できたこともあるが、一番の要因はイヴがいるからだ。一人じゃないから楽しいのだ。

もし、私がアイリーン様だったらと思うと心が張り裂けそうになる。

だって、突然日常が奪われるだけでショックだというのに、追放したのが長い間共に歩んできた婚約者。さらに準備する間もなく、お金も食料も何もかもがない中での追放だ。道中も屈強な騎士に囲まれて、気が休まらなかったはず。

実際にこんな山奥で殺されそうになっているし、よくアイリーン様はここまで頑張ってこられたなと思う。そうやって命からがら逃げても、最後は山奥で一人っきり。どちらに向かえばいいかもわからない、明日のご飯の心配も、また襲われるのではないかという不安も全部一人で抱えて生きていかなければならないなんて、そんなの……つら過ぎる。

私には力はない。アイリーン様の罪をどうこうすることなんてできないけれど、そばにはいよう。一緒に楽しく旅をしていればきっと……気くらい紛れるはず。

それに、旅する仲間が増えるのは私だって嬉しいし。本当にイヴが賛成してくれてよかった。

「そうですね。ふふ。改めて、私はテルーと申します。私たちはクラティエ帝国の帝都に行く予定です。よかったら帝都まで一緒に行きましょう！　これからよろしくお願いいたします」

フードを脱ぎ挨拶をすると、アイリーン様は目を見開いた。

うん。わかっている。出るところ出てない体つきだから（8歳だから仕方ないと思うの！）フードまで被っている時は少年に見えるのよね。はぁ、切ない。

「ええ。よろしくお願いします。私のことはアイリーンって呼んで。もう今はただのアイリーンですもの」

「そうよ！　テルーはすぐ敬語使っちゃうから。それじゃアイリーンもテルーも平民の中で浮くわよ。いいところのお嬢様です、攫（さら）ってくださいって言っているようなもんなんだからね！　二人とも言葉遣いに気をつけて。あとアイリーンには私の服を貸すわ。そんなにいいものじゃないけど、ドレスよりマシでしょ？」

「ありがとうございます。助かります。テルー様……あ、テルーも貴族なのですか？　なぜこんな山の中に？」

あ、「なぜこんな山の中に？」という疑問はお互い様だったようだ。私は、ドレイト家の娘であることとライブラリアンであることを明かし、スキル狩りから逃げてきたのだと話した。

アイリーンは心配しながらも、懐疑的だ。

きっとアイリーンを助けるときに魔法を使ったからだろう。そう思い、魔法陣を使って魔法を行使していることを話す。

「え？　魔法陣？　魔法陣なんて描かれているそぶりはなかったような気がしたのですが？」

「火、水、風、地の四つの魔法はずっと練習してきたからか急に頭に魔法陣が浮かぶようになって、陣がなくても発動できるようになったんです」

「なんてことないように言うけど、やっぱりすごいことよね～」

「ええ。魔法陣については分かりませんが、スキルで発動する魔法でも訓練を重ねることで詠唱をなくすことができます。ただし、無詠唱の使い手は今、国に二人いるだけだと記憶しています。テルーの魔法陣なしの魔法とは、スキルで発動する魔法で言うところの無詠唱と同等の技量なのではないでしょうか？」

そんなこと……ないと思うよ？

その日は私も高山病の中、無理をしたためきつかったし、アイリーンも疲れているだろうということで、イヴが焼いてくれた肉をサクッと食べて、眠りについた。なんと、アイリーンは罪人だからとここまでほとんど食べさせてもらってなかったそうだ。ひどい！

明日からはたくさん食事を作ろうと思う。

そして翌日。

「イヴ！　ちょっとストップ。あれはきっとクランベリー！　ナランハ以来の甘味です！　いっぱいとってジャム作りましょう！」

「それは大事ね！　収穫しましょう。カゴ渡して！」

「はい！　お願いします！　では、風(ヴィエント)」

馬上……いやロバ上から風魔法を使って、イヴの持つカゴにクランベリーを入れていく。

うんうん。お菓子が気軽に食べられない今、ジャムの種類が増えるのは心の潤いが増えること！

大事大事。それに、もう何日もまともな食事を食べていないアイリーンに食べてほしい！

「あ！　なんとレモンです！　今日はクランベリーに加えてレモンまで収穫できるなんて！」

「今日のパーティが一層楽しみね～」

いつものようにイヴと収穫しながら進んでいると、後ろから笑い声が聞こえた。

「ふっふふふ……ふはっ！」

振り返って見てみると、アイリーンが口を押さえて笑っている。

あ、笑顔だ。

初めて見たアイリーンの笑顔にホッと胸をなでおろす。やっぱり昨日は、殺されかけた直後だったし気が張っていたのだろう。その表情は硬かった。

だが今のアイリーンにその硬さはない。良かった。少しは気が紛れたみたい。

「ごめんなさい。なんかおかしくって！　私は婚約破棄されて、追放されて、殺されそうになって。あのパーティ会場からずっと悲劇のどん底のような気持ちだったの。昨日もうダメだって時にテルーが助けてくれたけど、それでもここは山の中でしょう？　だからまだちょっと不安だったの」

そりゃあそうだろう。騎士5人に追いかけられて怖くないはずがない。

「でもね。あなたの話を聞いた時、見習わなくてはと思ったの。こんな小さくて可愛らしい女の子が誘拐なんて、さぞ怖かっただろうに前を向いて頑張っている。こんな小さな子でも唇を噛み締めて頑張っているんだからって。そう思っていたんだけど……本当に楽しそうなんだもの！　こんな楽しい逃亡ないわ！　私の追放も楽しくなりそう。ふっふ、ふははは」

「わかるわ～。私も最初は泣いたり、ふさぎ込んだりすると思っていたのよ！　だからしっかり慰めてあげなきゃって。そしたらね、出発二日目には簡易的な台所作って、とっても美味しい料理作っていたの！　でね、三日目には～」

「わー！　イヴ！　やめてください。なんか恥ずかしいです……」

意気揚々と話し始めるイヴに嫌な予感がして慌てて止める。

台所を作ったことも、『植物大全』を開いて食べられる植物の勉強をしたことも必要なことだっ

たと今も思っている。だけど、自分の目の前でいろいろ説明されるのは、ちょっと恥ずかしい。

「恥ずかしいことなんてないのに～。でもこんなに楽しいのはきっとテルーのおかげよ。ちゃんと文化的でおいしいご飯に、夜は結界があるから、見張りもすごく楽だし。ちゃんと食べて、ちゃんと寝られる。それだけで人は精神が安定するのよ。アイリーンも楽しみにしていて！　テルーの料理は、山の中とは思えないほど美味しいんだから！」

そうイヴは言うけれど、きっとそれは違う。私よりもこうやって明るく話しかけてくれるイヴがいるから楽しいのだ。

それに料理については……。

「それは、イヴが毎回干し肉だけだったからでしょ。ハードル上げないで！」

「楽しみにしていますわ！」

３人で、何気ない話を何気なく話す。

国から逃げるという本来深刻で、重苦しい旅のはずなのに、私たちの旅はこんなに楽しい。

やっぱりみんながいるおかげかな。

そんなこんなで昼になり、適当な場所を探して昼休憩をとる。

今日私は一歩も歩いていないため元気だ。まだ本調子じゃないことと、私が歩くと遅いので、全行程ロバに乗って進んでいるのだ。こうして無理に距離を稼いでいるのは、一応昨日アイリーンを殺そうとした騎士が戻ってくるかもしれないと警戒してのことだった。

だからお昼はゆっくりしてられない。

その割にクランベリーとレモンの収穫はしちゃったけれども……。けれど甘味は貴重だから、仕方ないと思う。これでも手早く収穫したつもりだ。

ポシェットからお馴染みのベンチを二つだし、ストックのお肉を薄く切り、タイムと塩を一緒に揉み込む。

アイリーンが興味深そうに見つめている。

「これが、二日目に作ったという台所ね。すごいわ」

イヴが台所を作った話をしていたので、より一層興味を引いているようだ。

見つめられながら調理するのはちょっと恥ずかしいと思いつつ、パプリカも薄く切る。

「テルーは料理手慣れていますね。本当に出会えてよかった。私は全く料理の心得なんかないから」

まぁ、普通に考えて貴族の令嬢が料理する機会なんてないだろう。

小麦粉と水、お塩を混ぜて薄く焼いて、なんちゃってピザ生地を作ったら、お肉とパプリカを焼いて、溶いた卵を少し流し込み、チーズもパラパラ。

そして、卵が固まる前になんちゃって生地を押し付けて……完成だ！

同じものを三つ作り、くるくる丸めてみんなに手渡す。

これは外でもすごく食べやすいからよく使っているメニューだ。

イヴや私がカプリとかぶりつき、その様子を見たアイリーンが一口食べる。

「おいしい……」

アイリーンがぽつりとつぶやく。よかった。

手早く食べたらまた出発だ。騎士に追いつかれないよう急がなければならなかったので仕方ないが、夜こそしっかり作ろう。アイリーンはきっとお腹が空いているはずだから。

午後は何も収穫するものを見つけられず、黙々と歩いた。

私は終始ロバの上だったが、アイリーンとイヴは一日ずっと歩き通しだ。

イヴは冒険者だから山中を歩くのにも慣れているのだと思っていたけれど、侯爵令嬢だったアイリーンまでちゃんと歩けているのを見ると、私も体力つけなきゃと思ってしまう。

きっと疲れているだろうとアイリーンにロバに乗るかと聞いたこともあったのだけど、昨日はしっかり眠れたから大丈夫だと言っていた。

なんでも、学校では戦闘訓練もあるため、学校に入学すれば皆ある程度体力がつくものなのだそうだ。あれ？　私もしかして、ライブラリアンじゃなくても学校の単位取得できなかったのでは？

そんな疑念も湧いたが、それを脇にどけ、進み続けた。

二人が高山病にならないのも体力の差故なのだろうか？

野営の場所も決まり、イヴは狩り、アイリーンはテントの設営、私は夕飯の準備をしている。

今日はアイリーンの歓迎パーティだからいつもより豪華に作ろう。

まず、小鍋に洗ったクランベリーと砂糖をたっぷり入れてコトコトと煮込み、早速ジャムを作る。

せっかく収穫できたからパーティに使いたいのだ。

そのまま同時進行で玉ねぎ、人参、セロリ、じゃがいも、キャベツを小さく刻んで、大鍋でコトコトコト。高山病で数日ダウンしていたから、すっかりスープの素のストックがなくなってしまっていた。

煮込んでいる間にイヴが狩りから戻ってくる。お肉には軽くタイムと塩を振ってシンプルに焼く。ジャムとスープの素は今日使わない分を煮沸した瓶に入れて、ポシェットへ。今日使う分のジャムには赤ワインと塩も足してソースに。

美味しいかしら？　と一口舐めれば、んー！　美味しい！

スープの素には角切りにしたトマトも加えて、塩で味を調えて出来上がり。パンに野菜たっぷりトマトのスープ、お肉にはクランベリーソースをかける。

うん！　美味しそう！

「改めて、アイリーン！　これからよろしくね！」

「こちらこそよろしくお願いします。本当に会えたのが貴女たちでよかった」

それから私たちはたわいもないことをいろいろ話した。

女が3人集まっていろいろ話すというと、やはり話題は恋……とはならなかった。

まぁ8歳、15歳、100歳オーバーの女子会だものね。私はまだ恋なんて知らないし、アイリーンも恋がなんだという前に婚約者が決まり、その婚約者があの殿下なのだ。恋バナというには……

ねぇ。イヴはどうなのだろう？　傾国の美女と思うくらいきれいなイヴは、すごくモテそうだけれど、そういう話は聞かない。だから恋バナはない。

けれども何歳であろうと女子は女子！　アイリーンのドレスで大いに盛り上がった。

「アイリーン。あなたドレス売るって言っていたけど、アレ売るのもったいないんじゃなーい？　あのドレス誰にもらったの？」

「そうですよ！　それに生地はもしかしてトンプスシルクですか？　ドレスで使うとあんなにも素敵なんですね。初めて見たので感激です。メンティアブルーも想像以上に綺麗な青でした……。何よりアイリーンに似合いすぎて、本当お姫様みたいで素敵だった～。学校の卒業パーティにはあんな素敵なドレスで参加するんですね」

「あのドレスは、最近悪役令嬢とか呼ばれてパーティにも行きたくなかったので、頑張れるように私が作ったドレスなんです。まぁ、結局追放されているのだから意味はなかったんですけど」

シュンとしたかと思えば、次の瞬間には瞳が怒りに燃える。

「殿下があんないいドレスくれるわけありませんわ。チャーミントトン男爵令嬢には贈っていたみたいですけどね！　でも二人に褒められたから、ドレスを頑張って作ってよかったわ。それにしてもよくトンプスシルクなんてわかりましたわね。まだあまり出回っていないはずなのに」

「一応これでも1年はマナーの講師つけてもらっていましたから。頑張って材料の産地や織り方、染色、宝石、着飾り方などなど覚えたんですよ。発揮するところはなかったですけど。あ、でもアイリーンと話せたからやっぱり勉強してよかったかな」

「8歳にしてはすごく進んだマナー教育ですのね？」

アイリーンはちょっと不思議そうだ。王子妃教育を受けていたアイリーンがそう言うのなら、そうなのだろうか？

田舎のドレイト領でそんなに進んだマナー教育など必要ないはずだが、確かにソフィア夫人のマナーの勉強は覚えることが沢山で大変だったなぁと思いだす。

「テルーはお店があるから、会話ができるようお洒落の話題をたくさん教えたって言っていたわよ！」

なるほど。通り一遍のマナーを教えるのではなく、いろいろと考えてくださっていたらしい。

ソフィア夫人らしいなと思う。

『待っているだけで幸運が舞い込むのは物語のヒロインだけ』

ソフィア夫人はそう言っていたっけ。あれは多分、ライブラリアンという不遇なスキルの私に人生の助言をくれていたのだと思う。

与えられるのを待っているだけじゃ、幸せはつかめない。ありとあらゆる方法を使って、幸せに向かって進み続けなければ、不幸せからは全力で逃げなければ、幸せになれない。

誰かが幸せにしてくれるんじゃない。自分を幸せにするのは自分自身だと。

そう助言してくれていたように思う。もちろんそのためには見た目も重要だというのが一番言いたかったことだろうけれど。

今振り返れば、ソフィア夫人の言葉は真実だ。

だって、私もアイリーンもあきらめずに逃げて、逃げて、助かるまで逃げ続けたから助かったのだ。馬車でひたすら助けを待っていただけなら、きっと助からなかった。自分で動いたから助かるチャンスが生まれたのだ。助かるまで走り続けたから今がある。

人生なんてわからないことだらけ。だけど、運を味方につけるには、いや、運を味方につけるまで泥臭く動き回らなければならないのだ。きっと。

今私とアイリーンは迫りくる不幸から必死に逃げている。無事逃げ切れたら……今度は幸せのために進み続けられるだろうか。

いや、みんなに助けてもらってここまで逃げてきたのだ。絶対幸せにならなければ。

幸せになるまで泥臭く動き続けよう。

話し込んでいたら、デザートを出すのをすっかり忘れていた。

いけない。いけない。今日は歓迎パーティだった。パーティに甘いものは欠かせない。

「そうだ！　忘れていました。歓迎パーティだから今日は特別デザート付きです！　ナランハ紅茶も入れるのでちょっと待ってくださいね！」

今日は歓迎会なのだからとサリーからもらったプリンを今日は特別に三つだす。まだあと二箱くらいあるけど、補充できないから大切に食べなければ。

でも、今日くらい良いよね？

そんなことを考えつつイヴとアイリーンに紅茶とプリンを渡す。

するとアイリーンがとたんに目を輝かす。

「わぁ！　これプリンでは？　私これだけが心残りだったの！　卒業パーティに話題のプリンを用意したと噂で聞いて、これだけは絶対食べて帰らなくてはと思っていたの。でも、食べる前に追放されてしまって……。まさか、ここで食べられるなんて！」

このアイリーンの一言で、私たちのパーティは2度目の盛り上がりを見せる。やはり女子会にお洒落と甘いものは欠かせない。

「え？　アイリーン。プリン知っているんですか？」

「知っているも何も、初めてこのプリンというものを食べてからもう私このお菓子の虜(とりこ)なのよ。でも、なかなか入手できなくって……。だから、卒業パーティでプリンが出ると聞いて本当に楽しみにしていたの。テルーこそ、どこでこのプリンを？」

アイリーンはよっぽど好きなのか、うっとりした顔で話したかと思えば、ズイっと身を乗り出して聞いてきた。

確かにプリンはウルティマ公爵夫人のおかげで社交界に随分広まったと聞いていた。

けれど初めて生のお客様の感想を聞いてとても驚いた。だって、すごい熱量だ。

あまりの熱量に「私のお店の商品です」と言いかねていたら、横からイヴが口をはさむ。

「ふっ、ふっ、ふー。実はねこのプリン……テルーが作ったものなのよ！」

何故かイヴが鼻を高くしている。

「えぇ!?　テルー、本当？　すごいわ！」

アイリーンの目がキラキラと輝き、より一層名乗りを上げづらくなったが、仕方ないか。

「えっと、はい。あ、でも調理するのは私の専属なので、私が作ることはできませんが……」

気恥ずかしさをごまかすように、もごもご答え、ついついカラバッサのプリンも一つだしてしまう。だってこんなに喜んでくれているなんて嬉しすぎる。

「今日は特別ですよ」

「きゃー！　カラバッサのプリンまで！　テルー、大好き！」

みんなで分け合って食べたカラバッサのプリンでさらに盛り上がったのは言うまでもない。


翌日もまたイヴとアイリーンは歩き、私はロバに乗って移動する。

いつもならロバに乗っている間は『植物大全』を読みながら周囲を観察し、食べられそうな植物を見つけると私がストップをかけていた。だが、今日は珍しくイヴからストップがかかった。

「ちょっと待って。これはみんな採っていくといいよ」

イヴは背丈が1メートルはあるかという緑色の草を指さして言う。

これ？　なんだっただろう？　このギザギザと切り込みの入った葉っぱ……本で見た気がするのに、思い出せない。

「ヤローナ草では？」

全く思いだせない私に対して、アイリーンはさらっと名前が出てくる。

「そうよ！　ヤローナ草。テルーは主に食べられる植物ばかり覚えていたものね〜！　これはポーションに使う草なの。あ、傷に使うポーションの方ね。ギルドでもよく採取の依頼が出ているし、なくてもギルドが買い取ってくれるから、冒険者には馴染みの草なのよ」

食材が豊かになれば、旅の間の食事も豪華になるのだから必死さが違うとはいえ、食べられる草の名前しか知らないというのは、ちょっと恥ずかしい。

優先順位はやはり食用の植物の方が高いけれど、これからは少しずつ食用以外の植物も勉強しよう……。

「そういうわけで、このヤローナ草は採取していきましょ〜。ほら、町に出たらアイリーンも服や防具買わなきゃだし……あ！」

話しながら何かに気付いたらしく、イヴが珍しく焦っている。

「アイリーン！　あなた冒険者登録なんて……してないわよね？」

忘れていた！　身分証なしでどうやって国境越えるのよ。追放されましたって言っても、私たち騎士でも何でもないし。

それに何より、アイリーンは殺されかけたのだ。

関所で「追放された」と言って事が大きくなれば、騎士の耳に入るかもしれない。

アイリーンが殺されるリスクが上がるだけだ。私もイヴの発言を聞いて途端に焦る。

「大丈夫です。登録なら学校でしましたし、カードもドレスの隠しポケットに入っています。なんだか嫌な予感がして、身分証明になるカードとメンティア侯爵家の家紋入りの指輪はずっと持ち歩いていたんです」

「よかった。流石（さすが）だわ！　出国できないかとハラハラしちゃった。それじゃあ心置きなく、この大量のヤローナ草を採取しよう！　これは根っこも使うから、根ごと引き抜くのよ」

イヴのお手本を見て、ヤローナ草を抜いてみる。抜いてみる……抜いて……抜けない！

数分格闘したけれど、全く抜けなかった。挙句の果てにすっ転んだものだから、その様子を見ていたイヴとアイリーンにより、私は見学が決まってしまった。

体力もない上、どうせ抜けないのだから、体力温存しておこうというわけだ。

うーん。ロバももはや私専用だし、戦わないし、体力使う面では私って役に立たなすぎだ。

不甲斐なさと申し訳なさを感じながら、ぼーっと二人が草を抜くのを眺める。

もう少し抜けやすかったら私も抜けるのにな。根がしっかり土に絡まってなかなか抜けないんだよね。

あ、いいこと考えた！

「イヴ！　アイリーン！　ちょっと下がってください。いいこと考えました！　地（ティエラ）！」

私の近くに生えているヤローナ草の下の土がモコモコと動き出す。

「えいっ！　コレどうかな？」

尻餅をついたけど、私にも抜くことができた。

地魔法で土を動かし、土をふかふかに柔らかくしたのだ。

「根も傷ついてないし、楽に抜けていいわね！」

イヴからお墨付きをもらえたので、ヤローナ草がある辺り一面の土をほぐしていく。

だがこれでも尻もちをついてしまう私が抜くのは危ないからということで、結局私はスポスポ抜く二人を見るだけだった。

その夜、見張りの間に勉強するのはポーションの作り方だ。

確か付与魔法を最初に勉強した時、ポーションは付与魔法だと書いてあったのだ。

えっと確かこの本だ。


『付与魔法とは、対象物に魔法効果を持たせることである。

その方法、性質は大まかに二つ種類がある。

一つは適切な素材にウンタラカンタラ……（長いので中略）

また、ポーションも適切な素材と魔力を調和させた飲み物であるため、製作者の力量次第で品質が変わる。

なおポーションに消費期限があるのは、素材そのものに魔力が付与されているため、素材が劣化するほどに魔法効果も共に消失してしまうからである』

やっぱり、付与魔法だった！　ということは、ポーションは私でも作れるかも！

結界も、怪我や病を治す魔法陣もどれも火、水、風、地の四つの魔法全てを扱って発現する魔法だった。

今調べているがポーションもきっとそうだろう。

聖魔法とは一つの魔法の種類ではなく、四つの魔法を組み合わせた技術だったということなのかな？

つまり頑張って火、水、風、地の四つを使いこなせるようになったら、聖女じゃなくても、聖魔法使いでなくても、結界作れるし、ポーション作れるし、治療もできるということ？

逆に聖魔法使いの人は、ある程度四つの魔法を使いこなせる優秀というか、バランスの良い使い手ということなのだろうか。

そうだとしたら聖魔法使いだけ少ないのも納得だ。

これは父様に話してみよう。

初めて手紙を送るようになってから、時折父様が魔法の質問をしてくるようになった。魔法陣の本を探しているようだが、なかなか見つからないらしい。

誰も使わない時代遅れの魔法だからかな？

今父様は、マリウス兄様と魔法陣による魔法の訓練をしているようだ。

父様もマリウス兄様も魔法のセンスがいいから、もうすでに魔力コントロールまでできるようになったとか。次は実際に魔法陣を起動してみる段階だ。

父様は結界にも興味を持っていたけれど、できるようになるのはきっと火、水、風、地の魔法陣を使いこなせるようになってからね。

サラサラと手紙を書いていると、急に大きめの魔力が近づいてくるのを感じた。

何か……来る！

姿を現したのは、茶色の大きな熊。これは、ベアルス！

ベアルスはまっすぐ私を見据える。

目と目が合い、1分。

両者ともに目もそらさず微動だにしない。

私の背中にツーっと汗が流れる。

心の中では、「そのままどこか行って、お願い。あっちに行って」と必死に願っていたけれど、突如ベアルスはこちらに向かって走り出した。

実際に揺れているのか、私の恐怖心が実際よりも怖く感じさせているのかわからない。

だが、ベアルスが一歩踏み出すたびにドスン、ドスンと大地が揺れ、大気がビリビリと震えた気がした。

ドスン、ドスンと近づき、ついにあと一歩でも踏み出せば私に届く距離まで来た。

まだ私は動けないでいる。

ベアルスは両手をあげ、まさに私に襲い掛かろうとする。

「ひっ！」

怖くて、反射的に目を閉じ、後ろに下がろうとしてしまう。

だけど、恐怖からカチコチに固まった足は上手く動かなくて、もつれて尻もちをついた。

もう駄目だ……そう思ったけれど、いつまで経っても思っていた衝撃は来ない。

恐る恐る目を開けると目の前には結界に阻まれ、空中で振り下ろした腕が停まっているベアルスがいた。

よかった。そうだった。結界あったんだった……。

結界に阻まれても諦めないベアルスは、その後も何度も何度も結界にぶつかってきた。

害されない、攻撃が届くことはないと分かっていても、死に物狂いで襲われるのは怖かった。

どこからか大小多くの石がベアルスの周りに現れ、私に向かって飛んできたこともあった。

そのあまりの速さと数の多さに、戦慄した。

これ……結界がなかったら私はきっと死んでいた。

退治しなくてはと思ったが、未だ恐怖の中にいる私の体は動かない。イヴやアイリーンを呼びに行くこともできない。

声も出ないし、逃げることも戦うこともできず、私は石にでもなったかのようにそのままその場で固まったままだった。

音に気がついたのか、イヴとアイリーンがテントから出てくる。

ベアルスを一目確認すると、アイリーンはイヴに大丈夫だと言い、一人なんのためらいもなく結界から出た。

「風刃(ウインドカッター)」

アイリーンがそう唱えた瞬間。血が飛び散り、ベアルスは半分に分かれて、消えてしまった。

一撃だ。アイリーン……本当に強い。

「大丈夫？」

そう言って、アイリーンが手を握ってくれる。緊張が一気にほぐれたのか今になって震えが来た。

「テルーなら……ううん。なんでもない。怖かったでしょ？　魔獣は苦手なの？」

魔物と一括りに言っても、虫系の魔虫や獣系の魔獣など種類があるのだが、中でも魔獣は魔虫に比べて出没率こそ低いが大抵の場合魔虫よりもずっと強い。私が出合ったベアルスのように魔法を使うものもいる。

だから私も今まで魔獣と出合ったのはたった2回で、その2体はベアルスよりももっと小さい魔獣だった。こんなに大きな魔獣は初めてだ。

「苦手というなら、虫の方が苦手なんだけど、今まで獣類を殺したことなんてなかったから、どうしても尻込みしちゃって……。それに、あんなに死に物狂いで殺しに来られたことなんてなかったから」

キャタピスもモースリーも比較的早く倒せたし、誘拐されかけた時の誘拐犯たちは、私を誘拐することが目的だったからかあんな強烈な殺意を受けたことなんてなかった。

ゼポットさんのレベル5の殺気くらい……いやもっと怖かった。

護身術の授業の時にまずは恐怖の中でも動けることを優先したゼポットさんの言うことが、今ならよくわかる。

怖すぎると少しも動けない。

「そっか。テルーはずっと冒険者をするわけではないんでしょう？　苦手なら戦わなくてもいいわ。私もイヴもいるんだから。けれどこれだけは忘れないで。たとえ貴女が魔獣を殺したとしても、それは守るためだって」

魔獣であろうと何であろうと魔物と人間はどうしても相容れない。ロバや馬のように人間社会で生きていけない。なぜなら魔物は私たちを見ると必ず襲うから。何故かはわからないけれど、それは絶対の法則。

だからここで私が魔獣を生かしても、魔獣は必ず次に会った人間を襲う。そして次会う人は強い冒険者ではなく、道に迷った子供かもしれない。

私が魔獣を倒せばその子は魔獣と出合わない。だから魔獣を殺すのは、自分の身を守るだけでなく、自分と未来にその魔獣と出合うはずの人々を守ったことになるのだとアイリーンはそう言った。

「ちょっと私と話さない？」

それでも震える私をエスコートして、アイリーンは焚火の前に座る。出しっぱなしにしていた茶器を使って紅茶も入れてくれる。

「3年前だったかしら。私が学校に入学したことでパーティにも出られるようになったころ、大きな舞踏会が開かれたの。初めてハリスン殿下の婚約者として外国からの来賓にも挨拶したわ。クラティエ帝国の第三皇子殿下も来ていてね。彼に挨拶に行った際、聖女の話になったのよ」

「聖女の？」

アイリーンから手渡されたカップを両手で包み、聞き返す。

カップの湖面が揺れている。まだ震えは止まらない。

「ええ。クラティエ帝国はね、聖魔法使いはいても聖女とは呼ばれないの。だからハリスン殿下が力の強い聖魔法使いを聖女として国に仕えさせたらどうかって言ったのよ。それに彼はなんて言ったと思う？」

「え？　なに？」

アイリーンはキラキラ目を輝かせながら言った。

「確かにそういう案はクラティエ帝国内でもあるらしいんだけど、彼とお兄さんは別の道を模索しているそうよ。聖魔法使いだから治癒師、火魔法使いだから料理人というように、スキルによって生き方を決めない世の中が理想なんですって」

スキルによって人生が決まらない……？

衝撃だった。スキルなんかない前世ではそれが普通だったにもかかわらず、自分の人生をスキル関係なしに考えたことがなかった。

アイリーンは、そんな風に考えたことなかったから、すごく考えさせられた、印象深かったとキラキラした眼差しで話す。きっとそれだけ彼女の中で特別な出来事だったのだろう。

「だからね、テルー。今トリフォニア王国では戦えるスキルかどうかが重要で、その観点から言うと貴女のスキルは良くないし、貴女自身の性格的にも戦うのは苦手かもしれない。でもクラティエ帝国には、スキルなんか関係ない世の中を作りたいって思っている人がいるの。だからきっと、貴女が帝国に行くのはいい転機になると思うわ」

気づけば、震えは止まっていた。スキルなんて関係ない世界。アイリーンがその話を聞いたのは、3年前。きっとその理想はまだ実現していないだろう。いや、いつまで経っても、実現できないかもしれない。それでも、この先クラティエ帝国がどう変わっていくのか見てみたいと思った。

第二章✴ライブラリアンにできること

カッポ、カッポ、カッポ。

今日もロバが歩く音だけが静かに響く爽やかな朝……のはずだった。

向かいから大きな籠を背負った男性が足早に近づいてくる。人に会ったのは、アイリーンに出会って以来だ。こんな山奥で何している人だろう？

男性はつかつかと私たちのそばまでやってくると突然怒り出した。

「この時期にこんなところで何している？　しかも女だけで、子供もいるじゃないか！　何を考えているんだ。死にたいのか？　ウォービーズが出る前に今すぐ下山しろ！」

なぜか初対面の人に怒られている私たち。

ウォービーズ……そういえば、父様から気をつけろって言われていたわね。

強い魔物だとしても最終的に結界に籠っていれば大丈夫なのではないかと思っていたんだけど……。

「ウォービーズとはそんなに強い魔物なのですか？」

「うーん。ウォービーズはカラヴィン山脈特有の魔物だから私も詳しく知らないんだけどー。前回通った時は特別強いとは思わなかったわねー」

イヴはのんびり首をかしげている。

「それはいつの話だ？　冬か？　貴女がウォービーズに出合ったのが、冬以外ならその時とは全く別物だと思った方がいい。冬は食料が少ないからな、あいつらもなりふり構っちゃいられねぇのか20匹くらいの軍団で襲いかかってくる。しかも単純に20匹が追いかけてくるわけではなく、挟み撃ちあり、奇襲ありのまさに戦争蜂（ウォービーズ）というわけだ」

そりゃ父様も忠告するはずだ。

「だからこの時期は山に近づかない方がいい。昨日この辺で5匹の群れを見た。だからもうすぐピークだ。今日、明日には20匹になっているはずだ。悪いことは言わないから、今すぐ下山するんだ」

「お兄さん、ありがとうございます。群れで攻撃してくるなんて知らなかった。本当はこのまま国境沿い近くまで行きたかったけれど、ご忠告通り今日下山することにするわ。そういうお兄さんはさらに山奥から来たようだけど、下山途中なのかしら？」

「いや、俺は……！　おい！　逃げろ！」

男性は話の途中で何かに気付いたようで、すぐさま狼煙（のろし）をあげ、剣を片手に私たちの横を走り抜けた。

駆け抜けた方へ振り返ると男性の向こう側の空に黒い大群が見えた。

しまった！

見張りの時しか魔力感知してなかったから気づかなかった。

「テルー結界張っておいて。長期戦になるかもしれないわ」

「わかった」

イヴに言われて、結界を張る。

イヴとアイリーンは躊躇いなく男性の後を追い、バッサバッサとウォービーズを切り捨てる。

男性は魔法が使えないのか、100パーセント己の体術だけだ。

「ハァッハァッ。今のうちに逃げろと言ったのに。ハァッハァッ」

「もう息が切れているじゃゃない！　貴方が舐めてかかるなと言ったんでしょう！　一人でこの数相手にしたら死ぬわよ！　一旦テルーのところ戻って！」

アイリーンが風刃でウォービーズを切り裂きながら叫ぶ。

「いや、まだ大丈夫だ」

「つべこべ言わずに一回回復してきて！　貴方20匹なんて言っていたけど、絶対20以上いるわよね？　長期戦を覚悟した方がいいわ。今のうちに、さぁ！」

「わかったよ！　針に気をつけろ！　あれには毒がある！」

アイリーンに諭され、よろよろとこちらに戻ってくる。

アイリーンとイヴは危なげなく倒しているのを見ると、数は多いけど、そこまで長期戦にはなりそうになかった。

なるほど。結界はこの男性を守るためだったのか。

ようやく結界に辿り着いた男性に回復をかける。

「なっ!?　体が軽い」

「ウォービーズっていつもこんなに多いのですか？　さっきは20匹と言っていたけど……」

「貴女たちは一体……？　あ、いやここまで多いのは稀だ。毎年この時期に5匹、10匹と増え、最大20～30匹になる。ついてない。今年はちと多いみたいだな」

すでに二人は何匹も倒しているので、30匹以上いただろう。

魔力感知を使って数えてみると、今やっと20匹ほどに減ったところだ。

そう思っていると左側から猛烈なスピードで何か大群がやってくる気配がした。

この魔力……目の前にいるウォービーズと同じ？

だとするとこの大群もウォービーズ!?

嘘でしょ!?　規模は今の3倍もあるじゃない！

「アイリ――――ン！　左よ！　左から60くるわ！」

「なんですって!?」

イヴは驚きのあまり声をあげ、男性は目を見開いている。

私の声掛けとほぼ同時に、アイリーンは左に攻撃を繰り出すが、圧倒的な数だ。

アイリーンの攻撃で何匹か飛んで行ったが、そんなのほんの誤差の範囲。

前から左からウォービーズが押し寄せ、あっと言う間にアイリーンの姿はウォービーズに覆い隠されてしまった。

早く加勢しないと！

すぐさま、離れても結界を維持できるよう近くの岩に結界を付与する。これで岩から半径1メートルは結界だ。

「クソッ！」

男性が突然走り出す。

咄嗟に走ったほうを見ると、ウォービーズの隙間からアイリーンが倒れるのが見えた。

遅かった！

「あの岩まで連れていって！　あそこなら安全だから！」

無言で頷く彼にアイリーンを託し、私が前に出る。

「待て！　君が出ても危ないだけだ！　おい！　待つんだ！　待てー！　クソッ！」

アイリーンを抱いているため両手の塞がった彼の横を走り抜ける。

「大丈夫。私に攻撃は効きません。火（フエゴ）！」

ひっ！

炎に包まれながらも攻撃を諦めず詰め寄るウォービーズは、控えめに言っても怖かった。

私には結界付きのクロスアーマーがあるから、攻撃されても効かないとわかっていてもだ。

実際、前に出てまだわずかな時間しかたっていないというのに、もう何度も刺されている。

だが、ちゃんと結界が機能しているようで、刺された衝撃すら感じない。

それでも怖いものは怖い。

でも……頑張れ。

私がここでウォービーズを倒せば、この後にこのウォービーズの群れに出合う人の命も助けることになるのだから。もちろん倒れたアイリーンや男性も！

だから……頑張れ、私！

あっという間に私の視界からイヴや森の木々、空の青さが消えた。

右を見ても、左を見ても、もちろん前も、上ですら、ウォービーズがいる。

そして、その視界に映るすべてのウォービーズが、私を刺そうと針を向けてくるのだ。

くるな、くるな、くるなー！

少しパニックになりながらも、手から火炎放射器のように高火力の炎を振り回す。

唯一結界の範囲外の手は死守しないと。

高火力の炎のおかげで手が守られているのだから、この炎を途切れさせてはいけない。

私は運動神経が悪いから通常素早い魔物に攻撃を当てることができないけれど、これだけの数で隙間なく囲まれていれば、どこかには当たるもので、効率は悪いながら少しずつ敵を仕留めている。

そのことに気付いて、少し冷静さを取り戻す。

大丈夫、私はやられない。

そんなことより、アイリーンは大丈夫だろうか。

ウォービーズに囲まれたここからではアイリーンの様子は見えないし、その余裕もない。

重傷だったら……？　ちらりと不安がかすめる。

だとしたら早く倒さないと、集中だ。集中！

その時イヴが右側のウォービーズを倒しきったのか、右側のウォービーズを切り裂きながら、道を作り、加勢に来てくれた。

「大丈夫ー？」

細い剣に炎を纏わせながら、イヴは無駄なくきっちり仕留めていく。

だが、まだまだ数は多い……どうすれば？

あ！

「イヴ！　これ投げて！」

左手で炎を出しながら、右手でポシェットから酒瓶を出す。

「いいわね！」

イヴが酒瓶をウォービーズに向かって投げると同時に、風で酒瓶を割り、大群全体にかかるよう風で撒き散らす。

「風（ヴィエント）！　火（フエゴ）！」

そのまま立て続けに火をつけると、大群全体が炎に包まれた。

上手くアルコールがかからなかっただろう端のウォービーズはイヴがきっちり仕留めている。

全てを燃やし尽くし、ウォービーズを倒すと延焼を防ぐために水をそこら中に撒き散らし、アイリーンの元に戻る。

「アイリーン！」

結界内に退避していたアイリーンは、青白く、か弱い呼吸を繰り返し、袖口からのぞいた手は真っ黒だった。

「アイリーン！　大丈夫？　今助けるから！」

ウォービーズに刺され、結界内で死にかけているアイリーンを見てすぐさま回復をかけるが、ほとんど効果が見られない。

魔力が全然足りないっ！

それになぜこんなに手足が真っ黒になるの？

物理的な損傷ではなく……毒？　確かにウォービーズの針には毒があると言っていた。

でも、毒なら結界に入った時点で抜けたはず。

それでも治らないなら……どうしたら？

「嬢ちゃんたち。とりあえず俺の村に来ないか？　戦闘前に狼煙をあげたから、村の奴らが今頃こっちに馬で向かっているはずだ。それに合流できれば30分で村に着く。この時期のウォービーズに効くかはわからんが、ウォービーズの毒に効果がある薬草も村に戻ればある」

回復が効かない今、それしか頼るものはなかった。

一も二もなくその申し出に乗ると、ちょうど村の人らしき団体が来た。

「おい！　詳しくは後だが、この人たちがウォービーズを倒してくれた。その際、一人毒にやられている。すぐ村に戻り、アマルゴンの葉の準備を！　お前たちはこの人たちのロバ連れてきてくれ！」

そう言うと、一人は薬草の準備のためか村へ急ぎ戻り、一番後ろにいた若い男の子二人は私が乗っていたロバの横につく。

隊を率いてきたと思われる青年はアイリーンを抱え、一緒に戦った男性はロバ係になった青年たちの馬を1頭イヴに、もう1頭に私をひょいと乗せると私の後ろに自分もまたがる。

「じゃあ行くぞ！」

馬は慣れた道なのか臆することなく山の中を走る。

山の中なので全速力ではないが、私のロバよりも圧倒的に速い。

「あの！　さっきこの時期のウォービーズの毒に効くかわからないと言っていましたが、毒も時期によって変わるのですか？」

馬の蹄の音に負けないよう声を張り上げて聞く。

「正直厳しい話になるが、この時期でなければウォービーズの毒はそれほど恐れることはない。刺された部位が赤黒くなり、ちょっと頭がボーっとして思考が緩慢になるだけだ。まぁ、それだけ聞けば恐ろしいように思えるがな。さっき言っていた薬草アマルゴンの葉を飲むと2、3日で元通りだ。だからそれほど恐れることはない」

「い、今の時期は？」

男性の話しぶり、アイリーンの状態のひどさからすごく良くない予感がひしひしとする。

「この時期は攻撃性が増すからなのか毒も強く、刺されたら5分~10分で死に至る。だから今、彼女が生きているのが不思議なくらいだ。即死に近い毒のため、今まで薬草を使ったことがなかった。刺される時は戦闘中で、それどころではないしな。まぁ……そういうわけで、薬草が効くかどうかはわからねぇんだ」

回復も、薬草も効くかわからない。

戦闘後ということもあるけど、魔力だって全然足りない。

もっと効率的に、少ない魔力で回復できないものか……。

ん？

何かひっかかる……。何か、間違っている気がする。

そもそも回復の使い方が違うとか？

こんなことなら、ポーション作りを勉強しておけばよかった。

ポーションが効くかどうかはわからないが、私がポーションを作れたらまだやれることがあったのに。

回復が効かないことがあるなんて考えもしなかった。

回復もダメ、ポーションはない。

どうすれば？　何が間違っているの？

考えろ、考えろ……早く思いつかなきゃ、早く！

回復は命の呪文を使う。

その効果は瞬く間に大きな傷が跡形もなく治る、欠損した腕が生えてくるというものではない。

体のいたるところの細胞や器官を活性化させ、自然治癒力を大幅に引き上げて怪我や病気を治すのだ。多分。

つまり小さな怪我や軽い風邪程度なら確かに瞬く間に治ってしまうが、大きな傷や大病は何度も回復をかけたり、多量の魔力を使ったりする。それでも治るまでに何日もかかるのが普通だ。

だから誘拐された時、小さな怪我しかなかった私や子供たちはさほど時間がかからず怪我が治っているが、怪我の程度が酷かったネイトとルークは翌朝には動けるようになったものの、出発する時になってもまだ傷跡は残っていた。

わからない……。

私は何に引っかかっているのだろう。何か分かりそうで……わからない。

焦りで全く無意味なことを考えているんじゃないだろうか。

そんな不安まで頭をもたげてくる。

アイリーンを救うためにはどうしたら……？

私の思考が堂々巡りをしている時、男性が話しかけてきた。

きっと先程の毒の話に私がショックを受けていると考え、少し和ませるために話してくれたんだろう。

そうだ。焦ってもいいことなんてない。落ち着かないと。

「嬢ちゃんもすごいな。火を振り回した時もびっくりしたが、岩の周りに張っていたのは……ありゃ結界か？　本人がいなくても発動するとはいい魔導具だな」

あぁ。魔導具と思われても仕方ないか。

結界張れるなんて言ったらイヴみたいに聖女って思われちゃうし。

このまま魔導具ってことにしとこう。本当は岩に結界を付与しただけなんだけど……。

「あ！」

突然声をあげた私に男性は少しびっくりしていたけれど、そんなことどうだっていい。

今の気づきがあっているなら、アイリーンを救えるかもしれない。

わかった！　わかったわ！　聖魔法は付与魔法なのよ！

私の仮説でしかないけれど、聖魔法は付与魔法。だから魔力を込めればいいわけじゃなかったんだ！

付与魔法の本にも書いてあったじゃない。

『付与魔法は、大前提として適切な素材を適切に処理する必要がある。中には素材によらず、己の魔力だけで付与を行うものもいるが、その付与方法は魔力消費が激しく、効果も低いため、この本では扱わない』

魔力だけ注いでも効果が低いのだ。私の回復は、魔力だけで付与している。

だからきっと効果が低い。

じゃあ適切な素材ってなんだ？　多分そのアマルゴンの葉よね？　というか、今の私にはそれしか思いつかない。

それを飲むというのだから、そのアマルゴンの葉に命の呪文を付与したらどうだろう？

アイリーンはほうっておけば、死んでしまうのだ。

やってみるしかない。


そうこうしているうちに村についた。

ただそこは思っていたような村ではなかった。

私はこんな山の中にある村なのだから、木の柵で居住区を囲っただけのような、そんな小さな村を勝手に想定していたのだ。

だが、ここはなんだろう?

村というには、いささか物騒すぎない?

目の前の村はぐるっと石垣で囲まれ、四方には見張りの塔が建てられている。

村……というよりも……砦?

いろいろ気になることはあるけれど、今はただアイリーンを助けることだけ考えよう。

村の周りを囲っていた石垣は、ただの石垣ではなく、それ自体が部屋や浴室、簡単な調理場などを有した一種の居住空間になっていた。

その中の二部屋を私たちに貸してくれた。

アイリーンをベッドに寝かすと、バタバタと外から足音がした。

振り返ると勢いよくドアが開いた。

「はぁっはぁっ!　アマルゴンの葉持ってきたよ」

「ありがとうございます。これは普段は飲むものなのですよね？　お茶のようにお湯を使うのでしょうか？」

　アマルゴンという薬草は初めてだから、しっかり使い方も聞いておく。

「いえ普段はこの葉を擂（す）り鉢で擂って、水の中に入れて一気に飲み干しますが……私もこの時期の患者はみたことがないのでなんとも……」

「はい。承知しています。それでもこれしかありませんので……。葉を分けて下さりありがとうございます。なんとかしてみます」

「いえ、お役に立てずすみません。ウォービーズを倒してくださったと聞きました。本当にありがとうございます。何か必要なものがあったら何なりとお申しつけ下さい」

　そう言って薬草を持ってきてくれた女性は深く頭を下げた。

　アイリーンの手足は真っ黒でとても冷たい。

　息はしているし、握ると少し握り返してくれるが、呼びかけても返事はない。

　村の人たちは今ここにいない。

　アイリーンがもう長くないと思い、最期の時を邪魔しないようにしてくれているのだと思う。

　でも私は……いや、多分イヴだって諦めてない。

　イヴは何も言わずアイリーンに回復をかけ続けている。

　私は部屋にあった擂り鉢にアマルゴンの葉を入れ、細かく砕く。

村へ来る途中に思い付いた通り、回復を付与しながらだ。

ゴリゴリゴリ……。

しばらくすると、ピカっと一瞬光り、白くキラキラした粉末ができた。

飲みやすいよう常温の水に粉末を混ぜ、スプーンでアイリーンに飲ませる。

こっくん。

よかった……。飲んでくれた。

「アイリーン、もう一口飲んで」

スプーンを口元に運ぶ。こっくん。

もう一口、もう一口……。

よし。

これで適切な素材を摂取したはずだ。さらにアイリーンに回復をかける。

本当に聖魔法が付与魔法なら、さっきよりは効果があってもいいはずなんだけど……。

お願い！　効いて！

「テルー！　少し体温が戻ってきているわ！」

「本当だ！　助かるかも！　良かった。アイリーン頑張って！」

だけど、下がり続けた体温が少し上がっただけでまだまだ冷たい。手足の黒さも何も変わらないし、呼びかけても返事はないまま。

「テルー。少し休もう。このままでは私たちが倒れてしまう。そうしたらアイリーンを助けられる人がいなくなる。テルーはまだ魔力残っている？」

「ふう……。そうですね。アイリーンを治しきるほどの魔力はないですが、まだ倒れるほど魔力は使っていません。あと数時間回復魔法をかけ続けても大丈夫ではないでしょうか？」

「わかった。体温が戻ったとは言い難いけど、下げ止まったから一番の危機は脱出したと思う。私は魔力がもうほとんど残っていないから、今から3時間ほど休んでくるよ。その間アイリーンをお願い。夜は私が寝ずの番をするから。テルーも甘いもの食べて、休み休み回復をかけて。どちらかが倒れたら、アイリーンは助からない可能性が高い。今は戦闘の疲れもあるから悪化させないことだけを考えよう。少しでも異変があったら叩き起こしてちょうだい」

そう話していたらちょうど昼食が来た。

村の人たちが気を遣って作ってくれたのだ。

正直頭の中はアイリーンのことでいっぱいで、ご飯のことすっかり忘れていたから助かった。

イヴと二人で昼食をとり、イヴはベッドへ、私は軽くアイリーンに回復をかけ、本を読む。

色々と動転していたし、時間もなかったから思いつきでアマルゴンの葉に回復を付与して飲ませたけれど。

私はライブラリアンだ。

たくさんの本を読めるのが取り柄だ。

今までずっとわからないことは自分で調べてきたじゃないか。

アイリーンの症状がわからないのなら、調べなきゃ。何かまだ見落としているはず。

体温が下げ止まっただけで、まだ四肢は黒いままだし、呼びかけても反応がないことが気になるし。

この方法も間違っているのかもしれない。

どうしたら治せるのだろうか……。

お願い！　ヒントをちょうだい！

そんな藁にも縋る思いで読んだのは、『植物大全』だ。

今まで食用の植物しか調べていなかったから、このアマルゴンのことも正直よく知らない。

まずはこのアマルゴンのことを調べてみよう。

『アマルゴン

耐寒性があり、主に山地に自生する。

春先には黄色の花を咲かせ、その花弁は茶などに浮かべて飲むこともできる。

根もまた焙煎することで、紅茶よりもさらに香ばしい飲み物となる。

花も根も軽度の利尿作用、解毒効果を持つ。

解毒の効能は葉が一番強く、葉を細かく砕き、煮出した汁を飲むことで、発汗を促し、体内の毒素を排出する効果を持つ。

効能は生よりも乾燥させた葉の方が高いが、高温多湿の場所に保管するとたちまち劣化してしまう。

乾燥後すぐ使わない場合は、遮光性の瓶に入れ、冷暗所で保管するか、都度新鮮なものを使うほうが良い』

アマルゴンの効果は解毒……それなら、命の呪文より癒やしの呪文の方が良いかもしれない。

結界にいたから勝手に解毒は終わっていると思っていたけれど、よく考えれば結界だって聖魔法。

つまり、付与魔法だ。

私の結界は何も素材を介してない。

今回に関しては近くにあったからというだけで岩に付与をした。

ということは、付与魔法の本に書いてあったように、素材によらず魔力だけで付与した、消費魔力の割に効果の低い結界なのではないだろうか？

だとしたら、強い毒を解毒しきれなかった可能性もある。よし、やってみよう。

幸いさっき昼ごはんを食べたから、少し魔力が回復してきている。

アマルゴンの葉をまたゴリゴリと潰す。今度は癒やしの呪文で浄化を付与しながらだ。

またもキラキラした粉ができ、それを煮出す。

発汗を促すって書いてあったから、温かい方がいいのかな？

とは言っても、熱すぎると飲めないだろうから、今はぬるめにしよう。

ぐつぐつ煮出すこと3分。

それをカップに移し、少し冷めるまで待つ。

「アイリーン。飲んでみて」

こっくん。

スプーンからひと匙ひと匙飲んでもらい、そのあと体に浄化をかける。

魔力が驚くほど減らなかった。

それなのにアイリーンの真っ黒だった手足は少し色が薄くなった。

よかった！

そう思うのも束の間、今度はアイリーンの体が汗ばんできた。

そうか、発汗作用！

このままにしてはまた体が冷えてしまう。今のアイリーンはこれ以上冷えたらダメなのだ。タオルで汗を拭いつつ、回復をかけておく。すると体温も落ち着き、ホッとした。

イヴが帰ってくる。

色の薄くなった手足を見て、「良かった。あと少しね……」と泣いていた。

イヴに煮出したアマルゴンを託し、今度は私が休憩だ。

戦闘から移動して、度重なる聖魔法の行使で結構疲れていたようだ。

あっという間に眠りに落ちた。

目が覚めると夕食どきだった。アイリーンの様子を見て、イヴと二人で食事をとる。

黒かった手足はまた少し色が薄くなっていた。

イヴが何度も回復をかけていたようで、体温も少し上がった気がする。

「だいぶ黒いのがなくなってきたわね」

「まだ毒素が残っていたみたいです。結界内にいたから解毒はできていると思い込んでいました。気づかなかったらと思うとぞっとします。私がもっとちゃんと聖魔法の勉強を……」

「テルー……。ちがうよ。テルーのせいでは絶対にない。それをいうなら、私だってもっと早くアイリーンの方に駆けつけられていたらと思っている。でも、あの場では仕方なかった。誰のせいでもないのよ。むしろあの時あの場にいるみんなが最善を尽くしたから、即死の毒を受けてもまだアイリーンは生きているの。最善を尽くそう。今私たちにできることはそれしかないわ」

確かにそうだ。今すべきなのは、反省じゃない。

アイリーンを救うために最善を尽くし続けることだ。

反省は後から。もっと聖魔法を勉強しておけばよかったと今後は思うことがないように、これから聖魔法をもっと使いこなせるようにしよう。

それから私とイヴはアイリーンの看病に明け暮れた。

夜はイヴが寝ずの番をしてくれたし、私も『植物大全』だけでなく、他にも助けるヒントはないかとあらゆる本を読んだ。

いつのまにかまた本が増えたようで医療関係の本も見つかった。

今読んでいるのは、『魔法薬学』『治癒師、薬師のための診察の心得』だ。

手当たり次第アイリーンに合致する症状を探している。

翌朝、朝ごはんを持ってきてくれた村の人はアイリーンがまだ生きていることに驚き、少しずつ症状が緩和しているのを知り、すごく喜んでくれた。

本を読み、体調を観察して、薬を作る。

そんな日を続けて二日。

アイリーンがついに目を覚ました。

もう村中がお祭り騒ぎだ。ただでさえ、通常の3倍以上のウォービーズが出現したのに退治することができて村は喜びに溢れていた。

ただ、その恩人である私たちの仲間が死にそうなので自重していただけだ。

聞くと普段の20～30匹の時でも死者の出る年があるし、死者は出なくとも負傷者多数なのだそうだ。

それだから今回100匹近い数だったと知ると、私たちがいなければ今頃村人は誰一人残っていなかったかもしれない……。なんて奇跡なんだと村の人は神に感謝した。

その上、刺されたら5～10分で死に至るこの時期のウォービーズの毒を受けたアイリーンが回復したので、さらに輪をかけてめでたい雰囲気になっている。

奇跡だ！　神の使いだ！　女神様たちだ！　などと村の人は盛り上がり、アイリーンが目覚めた翌日から三夜にわたり宴が開かれた。

もうすぐ春とは言え、山中のこの村付近はまだまだ冬の景色だというのに、たくさんの食べ物を用意してくれて、笛を吹き、歌を歌い、皆で手を繋いで踊った。

まだ完全に回復しきっていないアイリーンも、もちろんイヴも私も大いに笑って楽しんだ。

結局、アイリーンが目を覚ましてからも大事をとって1週間滞在させてもらうことになった。

村の人には食事の用意だとか、アイリーンの薬となる薬草の採集だとか本当によくしてもらっている。

だからというわけではないけれど、私たちも私たちなりに恩を返していた。

アイリーンは体調回復が第一だから動けないが、村の子供たちに読み書きを教えているようだった。

イヴもたくさん食料を使ってしまってはこの後が大変だろうと狩りをしては肉を村に配っていた。

私はというと……アイリーンの体調を観察する傍ら魔法薬学を勉強し、結果アイリーンが回復しているのをみた村長さんから薬を作って欲しいと頼まれた。

もちろんお金は払うと言われたのだけど、今回のお礼も兼ねてお金は遠慮した。

お礼というだけでなく、そもそもまだ見よう見まねで作ったもので、効果があるか確証がないのだからお金は受け取らないのが筋だしね。

残りの滞在時間も後わずか。

何かできることがないかと考えていた時に思いついた。

魔法を教えるのはどうだろう？

彼らは一切魔法が使えない……と思う。

普通、掃除はメリンダのように風魔法使いが魔法を使ってあっという間に終わらせ、料理もラッシュやサリーのように火魔法使いがするか魔導コンロを使う。

それなのに村の人は箒やはたきで掃除をし、薪をくべて火を起こして料理をする。

洗濯だって水魔法使いが水を出すのではなく、近くの小川から水を汲み、手洗いしているのだ。

そういえば、ウォービーズとも魔法無しで戦っていたことを思い出す。

小さい村とは言え、一人も風魔法使いも、火魔法使いも、水魔法使いもいないのだろうか？

こんなに良くしてくれる村の人が、アイリーンに回復をかけなかったのは、多分聖魔法使いもいないからだ。

なんで？　とは思ったものの、その訳を聞くことはできなかった。

だって……これほど五大魔法の使い手がいないなんてあり得なくて、あり得ないことがあり得ているのだから何か訳があるのは明らかで、そしてそれを彼らから話してくれていないということは多分触れられたくないことなのだと思ったのだ。

前世を知っている私は、魔法がなくても豊かな生活ができることを知っている。

だけど、それはみんなが魔法を使えない前提だ。

前世は皆魔法が使えないから、たくさんの人の努力を経て、医学が発達し、科学が発達し……あれやこれやあらゆる分野が研究され、発展し、それが暮らしに反映されていた。

だから火魔法なんて使えなくても、スイッチ一つでコンロから火はついたし、スイッチ一つで洗濯だってできたのだ。

皆が魔法を使えるこの世界で魔法が使えないというのはどれほど生きにくいのだろう。

なぜ魔法が使えないかはわからないけれど、魔法陣ならできるのではないだろうか？

私なら……私なら魔法陣を使う魔法を教えられる！

「テルー。今何考えている？」

「え？」

「もしテルーが魔法を教えようと思っていたとしたら、やめたほうがいいと思う」

アイリーンは、私の目をひたと見つめて言った。

「な、なんで？　魔法使えないと不便だと思ったんだけど」

「テルーは魔法を誰かに教えてもらったわけではないんだって？　それじゃこれだけは覚えておいて。魔法は便利だけど人を殺す力もあるの。私たちはここにあと何日滞在する？　中途半端に教えることは、誰のためにもならないわ。それに、彼らは魔法を使いたかったらスキル鑑定を受ければいい話よ。なのに受けてない。ということは、使う意思もないのではないかと思うわ」

あ……。

アイリーンの言う通りだ。

魔法は便利。

私自身本を読む以外の魔法が使えなかったから、努力した。

だから魔法は身につけたほうがいい。

みんな身につけたいはずだと安易に考えていた。

自ら魔法を拒んでいる可能性なんて考えもしなかった。

人を殺す力、か……。

わが国では強いスキルが貴ばれるのだから、魔法の一番の使用目的は攻撃だと考えている人は多い。当たり前だ。

だけど子供の私が見る魔法は、攻撃よりも掃除や料理、植物の世話だったから、そんな風に考えたことなかった。

「アイリーン。言いづらいこと言ってくれて、ありがとう」

「いいの。厳しいこと言っちゃったけれど、私はテルーの魔法が好きよ。貴女の魔法はみんなを喜ばせる。平和な時こそ生きる魔法だと思う」

アイリーンはそう言ってくれたけれど、私に何ができるだろう。

出発の時期が近づき、私は村長さんに頼まれていた薬を渡しに行く。

使い方を説明して、「ありがとう。これで危ないこの地の暮らしでも安心だ」という村長さんについに聞いてしまった。

「あの、出過ぎたことかもしれませんが、スキル鑑定を受けるか、下山はなさらないのですか?」

だって、あのウォービーズが毎年やってくるのだ。

やっぱり魔法もなく立ち向かうには危険すぎる場所だと思う。

「あぁ。魔法を使いたい者は、みなこの村を出ていく。だからこの人数さ。確かにここは近隣の村とも距離があるし、魔物も沢山出る。だが、私たちは使わないよ。若い人は鑑定を受けることを迷っている者もいるが、私くらいの年の者たちは親から魔法は怖いものと口酸っぱく言われていたからね。どうしても使う気になれんよ」

そう言って、話してくれた村長さんの親の話は、今私の心に鉛のように重くのしかかっている。

村長さんのお父様は戦争で大変活躍されたそうだ。

火魔法使いだったお父様は、敵の周りを炎で取り囲み退路を断ったり、逃げ惑う人に火をつけ殺したりもしたそうだ。

戦っている時は良かったという。自分のしていることは正しいと思っていたからだ。

その認識に影が差したのは、敵を制圧し勝利した時。

死体を集めて処理していると、石が飛んできた。

そこにいたのは、一人の幼い少年。

「父さんを返せ！　父さんは何一つ悪いことをやっていないのにっ！　この悪魔！」

そう少年になじられ、お父様は頭を鈍器でたたかれたような気がしたそうだ。

すぐに母親と思われる女性が飛んできて、「子供の言うことなのでご勘弁を」と必死に謝ったが、もうその時のお父様は心ここにあらず。

適当に返事をして、二人が逃げるのをただただ見つめるだけだったという。

その時以降、村長さんのお父様はパタリと魔法が使えなくなってしまったらしい。

使おうとしても少年の顔が、声が、むせ返る死臭がちらつき、使えなくなったのだという。

魔法が使えないとわかると、トリフォニア王国は手のひらを返したようにお父様を放り出した。

突然職を失っては生きていけない。魔法が使えなければつける職もほとんどない。

そこで同じように戦争で魔法が使えなくなった者たちと山の中で狩りをしながら生きていくようになり、住みよい場所を求めて転々としているうちに、ここの砦を見つけたそうだ。

彼らが見つけた時にはもうここは無人の砦で、誰が何のためにここに砦のような建物を作ったかはわからないらしい。

それでも争った形跡があることから、大昔に戦か、ウォービーズにやられたかではないかとのことだった。

「『戦争は怖い。魔法は人を殺すぞ』親父はそればっかりだったよ。魔法が使えなくなったこともむしろ喜んでいるようだった。そう教えられて育ってきたので、私たちも使う気がないのです」

そうだったんだ。

お父様はもう亡くなられているから、どう思っていたか本当のところはわからないが、戦地に赴いたのは村長さんが生まれてすぐだったと言っていたので、お父様はきっと少年に村長さんの姿を重ねたのではないだろうか。

敵にも自分と同じように愛すべき家族がいると。

そう知った時のお父様のことを思うと、胸がかき乱される思いがする。

私は戦争なんて知らない。

だから正確に想像することなんてできないけれど、心に得体のしれない恐れ……いや哀しみ？が渦巻いて、忘れることのできない小さなしこりができたような気がした。

村長さんとアイリーンの話を聞いた私は、結局魔法を教えるのはやめにして、魔物の多いこの山の中で暮らす彼らのために村の守りを強化することにした。

初めて使う魔法だから上手くいくかわからない……。

ただの自己満足だ。

砦の周りをぐるりと一回りしながら、結界を付与した種をまいていく。

この種は、砦村（とりでむら）の人と薬草採集に行ったときに見つけた。

村の人が「すごい繁殖力が強くて、抜くのも厄介な硬い草なんですよ」と言っていたので、気になって『植物大全』で調べたのだ。

するとやっぱり硬い草だと書いてあったが、それと同時に近くにまとめて植えると、草同士が絡まり合い、強固な柵のようになるため川の近くなどに植えると防波堤の役割を果たすとも書いてあった。

その記述を見た時にひらめいた。

これを砦の周りに植えれば、ピンチの時に魔物から皆を守ってくれるのではないかと。

どうかこの村を守ってくれますように。

そう思いを込めながら、付与し、土へまく。

「1回くらいなら守れるかな？」

そして、砦村の周囲に種をまいた翌日、私たちは名残惜しくも村を出発した。

村を出るときは、村人総出で見送ってくれた。「途中で食べて！」とお弁当まで持たしてくれて。

たった1週間しかいなかったのに、すごく寂しくなった。

✦

カラヴィン山脈でテルミスたちがウォービーズに出合う数日前、カラヴィン山脈のふもとドレイト領の領主の館は、1枚の手紙が混乱を巻き起こしていた。


テルミスから手紙が来た。

さぁ今日は何を収穫したのかな？　どんな料理を食べたのかな？

そんなことを思いながら、手紙を読む。今回も表裏小さな文字でびっしりだ。

『マリウス兄様
お久しぶりです。
今私たちはチャーミントン男爵領に入ったところです。
そうそう、今日はビッグニュースがあるのです。
なんと！　この旅に仲間が増えました。アイリーン・メンティア元侯爵令嬢です。

冤罪で婚約破棄され、国外追放になったそうなのですが、昨日山で騎士たちに殺されかけているところで偶然出会いました。

ドレス姿のか弱い令嬢一人に5人がかりって酷いと思いませんか？

そもそも罪は、嫉妬から男爵令嬢に嫌がらせをしたから追放だと騎士が言っていたのですが、追放になるほどの嫌がらせって何なのでしょう？

しかもアイリーン自身には身に覚えがないようですし、嫌がらせされたというご令嬢の身分も男爵です。アイリーンの方がかなり上の身分ですのに。

しかもですよ！　刑罰は国外追放といいながら、騎士はアイリーンを殺そうとしていました。

昨日アイリーンから追放に至る話を聞いて、私は今とても怒っています。

アイリーンの弟さんが学園にいらっしゃるそうです。

アルフレッド兄様経由でアイリーンの手紙届けられないかしら？

お体に気をつけて。テルミス』

は？

アイリーン・メンティア侯爵令嬢!?

国外追放？　どういうことだ！

僕はまだ学園に通ってないからあまり知らないが、父様なら何かご存知かもしれない。

「父様！　テルミスから手紙が！」

「おぉ。楽しみにしていた。今日は何を収穫したんだ？」

テルミスの手紙は収穫の話が多く、とても楽しそうに書いてあるものだから、家族みんな手紙が来るたびに、いったい何を収穫したのか楽しみにしているんだが……今日は収穫の話じゃないんだよなぁ。

「父様！　収穫の話じゃなくて、アイリーン・メンティア侯爵令嬢についてです」

「アイリーン嬢？　確か殿下の寵愛している男爵令嬢に嫌がらせをして婚約破棄され国外追放になったと聞いたな。殿下も愚かな事をなさる」

「アイリーン嬢とはどんな人なのですか？」

僕の懸念事項はこれだ。アイリーン嬢が良い人ならいいのだけど。

「私も何度か会ったことがあるが、嫌がらせをするタイプには見えなかった。むしろまだ学生だというのに、知識も深く、自分なりの考えを持って執務にあたっていた。彼女がいたからこそ殿下を次期王に推していた人も一人や二人ではない。表立って反発している人はいないが、メンティア侯爵を筆頭に総力をあげて行方を探していると噂を聞いたな。で、そのアイリーン嬢がどうしたって？」

「そのアイリーン嬢が……テルミスと一緒にいるようです」

「は？」

あ、うん。僕もそう思った。

そっと手紙を渡す。

読み終わった父様は、眉間に手を当て思案顔だ。

「テルミスには手紙は必ず届ける事、噂だが、メンティア侯爵がアイリーン嬢を助けようとしている事も伝えてくれ。それにしても、追放のみならず暗殺しようとしていたなんて。最悪の事態にならずよかった。ん？　騎士5人相手にどうやって助けたのだ？　ふー。多分イヴリンさんだろう。うん。そうだろう。きっと。テルミスは一人で無謀にも5人の騎士にぶつかって行ったりはしない……はずだ。うん」

最後の方は父様の声がどんどん小さくなっていくあたり、父様も僕と同じことを危惧しているのだろう。

テルミスは、強く見えるようで弱くて怖がりだ。だが、孤児院で畑をしたり、急にプリンのお店を作ると言い出したり、時折思いもかけないことをする。

だからきっと、文字にある通りテルミスは5人に立ち向かったのではないかと思う。

その時の話を詳しく聞けば父様が心配するから聞かないが。

テルミスに早速返信すると、少しして糊付けされた手紙が届いた。

そのままアルフレッドに手紙をメンティア侯爵令息に手渡すようお願いする。

少しして、アルフレッドから返信が届いた。

『マリウス

手紙は無事渡したぞ。

侯爵自身も王都に滞在中だったらしく、手紙は既にメンティア侯爵まで届いている。

その上で、「是非ともドレイト男爵に感謝の意を伝えに行く」なんて言っていたから侯爵がそっちに行くかもしれない。

多分感謝……だけではないかもしれないがな。

今王都では婚約破棄の余波でハリスン殿下から人が離れていっている。

当たり前だが、メンティア侯爵もそうだ。

殿下は一人っ子なので殿下の反対派閥がどのような策で対抗するつもりかはわからないが、反対派に入ってほしいという話もあるだろう。

はぁ〜。テルミスは偶然助けたのだろう?

人を避けて山中を歩いて逃げていたというのに、すごい確率だな。

助けたという事は騎士と交戦したという事なのだろうと思うのだが、テルミスは大丈夫なのか？

怪我はしてないのか？

あ、そうそう。

アイリーン嬢がどんな人かだったな。

アイリーン嬢は、婚約破棄の時に言われたような嫌がらせをするようなタイプじゃない。

未来の王妃だったのだから誰でも気軽に話せるフレンドリーな人と言うわけではないが、情に厚く、困っている学生をそれとなくフォローしているのを何度かみたことがある。

学園の成績も優秀で強いからな。テルミスと一緒にいても安心だ。

うん。イヴリンと二人よりよほどいい。

また進捗があったら教えてほしい。

　アルフレッド』

そんな手紙が来て数日後、本当にメンティア侯爵から訪問の手紙を受け取り、そのさらに数日後、山を越えて本当に侯爵がやってきた。

キリッとしたできる男風のメンティア侯爵が涙ながらに謝意を述べるのを聞いて、胸が痛んだ。

アイリーン嬢は冤罪の上、無理矢理トリフォニア王国から追放された。

テルミスだって同じようなものだ。

誘拐されかけ、危険性が高まったからこの国から逃げなければならなかったのだ。

ただライブラリアンだというだけで。

僕は領地運営を学んでいるけれど、まだドレイト領から出たこともないし、社交界というのにも行ったことがない。

だから政治なんてものはまだ全然わからない。

けれど、なんの罪もない人が明日には逃亡者になるかもしれない。

そんなこの国の在り方はおかしいんじゃないだろうか……。

小さな疑念がポツンと浮かんだ。

今父様とメンティア侯爵は大人の話をしている。どんな話をしているのだろう？

帰り際侯爵から手紙を預かる。アイリーン嬢に渡す手紙だ。

「ありがとう。君が妹さんを守った話は聞いたよ。君からしたら僕から感謝される謂れはないかもしれないが、君が守ってくれたテルミス嬢がいなかったら、うちのアイリーンはもうとっくに死んでいた。だから、本当にありがとう。私はアイリーンを救ってくれたテルミス嬢と、こんな時期にアイリーンからの手紙を届けてくれた君たちへの恩を決して忘れない」

そう言って、メンティア侯爵は僕の手を握った。

テルミスのために、スキル狩りについても調べてくれるという。

何かが大きく動く。そんな予感がした。

✴

朝村を出発し、半日歩いてウォービーズに出合ったところまで戻る。

戦闘でひらけてしまった場所で簡単に昼ごはんを食べ、それからもともと歩いていたルートを歩く。

ウォービーズはもう倒したから、下山せず、予定通り国境付近まで山の中だ。

ここでウォービーズと戦って、アイリーンが死にそうになったのが何故か随分昔な気がする。

まだ、1週間半しかたっていないのになぁ。

ウォービーズの大群から、決死の看病、アイリーン復活の宴に、村長さんとの話。

感じることが多すぎた。濃い1週間半だった。

それはイヴやアイリーンも同じようで、「なんかここ懐かしいわね」なんて言っている。

こうやって、懐かしいと言えるのも、誰一人欠けることがなく、旅が続けられているからだ。

本当に良かった。


それから夜が来て、朝が来て、ただひたすら歩いて、また夜になる。

一人で見張りをしていると、たった1週間半だったけど、村での定住生活が恋しくなる。

旅は楽しい。けれど、どこか不安定で、いつもどこか気を張っていなければならない。

未来を思い描くのも難しい。考えるのは、今この瞬間ばかりだ。

ドレイトにいるときは、不遇なスキルではあったけれど、将来学校に行けないならば、結婚が難しいならばどうしようかと考えることができた。

でも今は、私が考える時間は、今日の夜、明日というすごく近い未来だけだ。

どんなに厳しい将来だったとしても、将来を考えられること自体が恵まれていたんだと今更ながらに実感した。

魔法が使えなくなって、山中での暮らしに切り替えた村長さんのお父様たちもこんな気持ちだったのだろうか。

砦村を見つけ、そこに村を作った気持ちが少しわかった気がした。

どんなに魔物が多い山の中でも、雨風をしのげる帰るべき場所があるというだけで、人は少し安心するのだ。きっと。

ある日、歩いているとザザー、ドドドーと大きな音が聞こえてきた。

「もうすぐ滝があるのよ。見に行ってみる？」

「滝!?　もしかして、リトアス川の？」

だとしたらもう国境間近だ。

「そうよ。本当はなるべく早く帝国へ抜けるべきだけど、最近色々あったんだもの。少しくらい寄り道してリフレッシュしたっていいと思わない？」

良いと思う！

満場一致で、滝に行くことになった。

リフレッシュはもちろん嬉しいが、私が喜んでいるのにはもう一つ別の理由がある。

リトアス川の滝は、カイルという人が書いた『カラヴィン山脈縦断記』に載っているのだ。

カイルが旅したのは夏だったから、今とは違う風景だろうけれど、崖の上から大量に落ちてくる水、岩に当たり飛び散る細かな霧のような水、そこで魚を捕まえ、滝を見ながら食べる情景も生き生きとした文字から想像できて、楽しそうだな、行ってみたいなと思っていたのだ。

『カラヴィン山脈縦断記』には、以前イヴが話してくれた虹の渓谷の話も載っているのだけど、そこは山頂付近のようで、私のわがままで二人を連れていくには申し訳ない距離だし、そもそも私の体力的にたどり着けそうになかったから、虹の渓谷はあきらめていた。

だから、虹の渓谷ではなくとも、本で読んだ滝に行けるのはとても嬉しい！

「まさか本で読んだあの景色を見ることができるなんて！　リトアス川の滝は、天から垂らされた1本の白い糸というほど、高い場所からまっすぐ水が落ちているそうですよ」

道すがら『カラヴィン山脈縦断記』に書いてあった事を話すと、一度行ったことがあるというイヴが首をひねった。

「1本の糸？　そんな滝だったかなぁ？」

どんどん音が大きくなり、滝が見えてきた。

わぁ……あれ？

そこに見えたのは、頂点から1段、2段とおりてくる緩やかな滝だった。落ちてくる水流の合間にも巨石があり、真ん中から水流が二筋に分かれている。

天から垂らされた1本の糸というくらいだから、急転直下な一筋の水流が見られると思っていたのに。

これはこれできれいな景色なのだが、想像とはちょっと違う。

「テルー！　アイリーン！　こっちよ」

イヴがいるのは、2段目の滝の近く。そんなに近づいたら危ないのではないだろうか？

そう思いながらも、イヴの呼ぶ方へ向かえば、驚いた。2段目の滝は滝壺の奥が空洞になっており、滝の裏側に入ることができたのだ。

わぁ。なんて綺麗。

1本の糸を見られなかったのは残念だったけれど、滝の裏側を見られたのは良かった。

ひとしきり滝を堪能した後、本に書いてあったように魚が釣れるのかという話になった。

ドレイトでもずっと肉料理だったので、魚を食べたい欲はとてもある。

3人で川をのぞき込む。

「いないわね」

「ええ。いませんね」

「いなかったです……あ！　あそこ！」

一瞬だったけど、キラッと光った気がする。よく目を凝らして、光を見た周囲を探す。

パシャッと魚が1匹飛び跳ねた。

「いた！」

ただ問題はどうやって捕まえるかだ。

「川の中に入るしかないんじゃない？」

そう言うのはイヴだ。

「でも、ここはまだまだ寒いですよ。川の水も……冷たっ！」

アイリーンが川に手を浸して答える。

「糸の先に余っているお肉でもつけて、釣りましょうか」

私の案は釣りだ。

「あの魚大きそうだったから、糸が切れちゃうわよー」

確かに。

「でも、テルーなら川に入らず、魚を捕まえられるんじゃないかしら？」

アイリーンはそう言うけれど、私には全くそうとは思えない。

「私なら？」

「そう。ヤローナ草を引き抜く時、土を動かしていたわよね。その時みたいに川の水を動かせないかな？　魚がいる周辺の水を動かして、岸に寄せるの」

全然思いつかなかった！　でも、それなら確かにできそうだ。

魔力感知を展開する。魚は魔力が少ないから、かなりの集中力が必要だ。

魔力感知してみると、１、２、３、４匹の魚を見つけた。遠くまで探ればもっといるのかもしれない。

慎重に４匹の魚の周りの水を動かし、岸へ誘導する。けれど、水の流れが変わったのを敏感に察知したのか１匹ふいっと水流の外へ逃げてしまった。

そして、続けて２匹目、３匹目。

難しい！　もうこうなったら……。

えいっ！

最後の１匹を周りの水ごと水面から出し、岸まで運ぶ。

まるで、魚入りの水球（ウォーターボール）だ。

コツをつかんだ私は、もう一匹、もう一匹と水ごと岸に運び、合計３匹の魚を捕まえた。

捕まえた魚はまだ水球の中にいる。

「わぁ！　こんな間近で魚が泳ぐ姿が見られるなんて。テルー凄いわ。想像以上！　やっぱり私、テルーの魔法好きだな」

「本当にすごいわね〜」

取りあえず串にさして、焼いてみる。さぁ食べようという段階になって、アイリーンがいの一番にパクっと頬張る。

「アイリーンそんなに食べたかったの？」

「ちがうわよ！　いい？　何かわからない物を口にする時は、みんなで一緒に食べたらダメなの。何か毒のある食べ物だったら、治療が必要じゃない。イヴもテルーも聖魔法使えるでしょ？　だから、私が最初に食べたのよ」

そこまで考えていなかった。

そういえば、昔大冒険家ゴラーの伝記でゴラーがすずらんの実を食べて死にかけている描写があった。その時ゴラーはすずらんのことを何も知らず、知らなかったのに食べたのだ。それを読んだ時は「得体のしれないものを口に入れるなんて！」って思っていたけれど、今まさに私もそうしようとしていた。

今思えば買った食材を食べる生活だったから、そういう感想を抱いたのだろうな。

結局、魚に毒はなかったとアイリーンから食べて良しと許しが出たのでイヴも私も食べ、その日は滝の側で一日明かすことにした。

滝の側にテントを張り、夕飯も同様に魚を捕まえて、食べた。

今日は一日滝の側でゆっくりしていたから、疲れもあまりない。

普段は、夕食後早々にイヴはテントに戻り夜に備えるため、３人で夜ゆっくり語るのはアイリーンの歓迎パーティ以来だ。

「今度は魚の図鑑がほしいな」と私がポツリとこぼしたことから、話題はライブラリアンになった。

「テルーのそのスキル面白いわよね。どんどん読める本が増えているんでしょう？」

「自分で増やす本を選べないのが残念ね～」

確かにそうだけど、このスキルは私の傾向をなんとなく把握してくれているし、ライブラリアンでなかったらこんな量の本は読むことができなかっただろうから、私は結構気に入っている。

今は、ね。ライブラリアンが役に立たないスキルだと知った時はやっぱりすごくがっかりしたから。

「どんな本が増えるか傾向とかってあるの？」

「ジャンルはいろいろかな。植物の本、刺繍の本、魔法の本、算術や歴史、地理の本もあるし、物語もあるよ。ただ、私が今気になっている事柄の本が増えることが多いから、次回は本当に魚図鑑が増えているかも」

「スキルが同じ人でも、得意な魔法が違ったりするから、ライブラリアンもテルーの得意なところから広がっているのかもね」

アイリーンが言うには、アイリーンと同じ風のスキルの人でもたまに掃除しかできない人、攻撃しかできない人がいるのだそうだ。そこまで極端でなくとも、掃除でスキルを使うより、攻撃に使う方が得意だったりするらしい。スキル鑑定を受けたら、取りあえずそのスキルを使えるようになるわけだけど、そのスキルの中でも得意不得意があるのか……知らなかった。

「外見も、性格も、身分も、魔力も、生きてきた環境、経験すべてが同じ人なんていないじゃない？　だからきっと、その人の魔力や性格、環境……何が影響するかわからないけれど、同じスキルでも一人一人違うのよ」

アイリーンがハリスン殿下の婚約者として王宮に通っていた頃に出会った、鑑定スキルもちの人は、故郷が酪農を営んでいたからか最初チーズや牛乳などの乳製品しか鑑定できなかったのだとか。鑑定の経験をつんでいくうちに、野菜や肉や魚などあらゆる種類の食べ物を鑑定できるようになり、王宮で働くほどになったという。

「だから、テルーのライブラリアンもテルーの興味が広がれば広がるほど、本を読めば読むほど、いろんな種類の本が読めるようになるのかもね」

アイリーンの仮説は、自分の実感ともあっていて、すとんと胸に落ちた。

翌朝、早く起きた私は、テントの外で大きく伸びをする。昨日は鬱蒼とした場所だと思っていた滝の横にも日が差し込み、滝からの清浄な空気もあってかとてもすがすがしい。

「んー！　気持ちがいい。ん？　あれは？」

滝にほど近い場所に白い花が咲いていたのだ。可愛い。昨日は日の光も木々に遮られていて、暗かったから、こちら側は見てもいなかった。

それに、よく見ればこの白い花は奥まで続いており、一歩足を踏み入れるとそこは白い花の大群生地だった。

「わぁ！　すごい。ここまで増えると圧巻ね。何ていう花だろう」

開くのは当然『植物大全』だ。この本はどれだけ開いたかわからない。

あまりにお世話になっているので、作者のゴラムさんには感謝してもしきれない。こんなにたくさんの植物について知っているのだから、さぞ高名な植物学者だったんだろうなぁ。

ページをパラパラとめくり、一つの花で手が止まる。

ホルティィナ……前後左右十字に白い花弁がついているし、間違いない。別名は毒消し草か。

つまり、これもアマルゴン同様解毒効果のある薬草なのか。それなら少し採集していった方が良いかもしれない。それに、これは薬草茶として常飲することもできるらしいので、朝ごはんのお供に出してみよう。

せっせと摘んで、朝食とともに出す。少し独特の香りもあるが、甘みもあるホルティィナ茶はイヴにもアイリーンにも好評だった。いつでも物が手に入るわけではない旅の間に、新しい味に会えるのはとても貴重なのだ。たくさん採集したので、今後の定番茶になる予感もする。

朝ごはんを食べたらまたクラティエ帝国を目指して歩き出す。

滝はきれいだったし、魚は美味しかったし、夜はみんなで話せたし。とてもいいリフレッシュになった。

ウォービーズとの戦いでアイリーンが死にかけたし、村長さんの戦争のお話で、ここのところ心がせわしなかったから、１日ゆっくり気を落ち着けられてすっきりした。

＊

滝から歩いて数日、町が見えてきた。

ドレイト領の領都と同じくらいだから、都会ってわけではない。

けれどもここ数ヶ月ずっと山の中だったから、私の目には大都会だ。

たどり着いたのは国境の町ビジャソルン。

町に入るとまず冒険者ギルドを探す。魔石とヤローナ草を売るためだ。

魔物を倒すと時々キラキラ光った宝石のような石が落ちていることがある。

その石は魔力を高濃度で含有しており、色々な魔導具に使われている。

私たちも旅をする過程で魔物を倒し、この数ヶ月で23個も貯まっていた。

まぁ、そのうち17個はウォービーズの時のだけど。

あの時はアイリーンのことで手いっぱいで魔石のことまで頭が回らなかったが、ロバを連れてきてくれた二人が全部集めて持ってきてくれたのだ。

村でよくしてもらったので、村にも置いていこうとしたけど断られ、結局３人で山分けすることになった。

というわけで、ドレスや宝石を売る場所は無さそうなビジャソルンで手持ちのお金が一切ないアイリーンは、魔石を全て売り、必要物資を揃える予定だ。

ギルドは門を入ってすぐのところにあった。そういえばドレイト領も門の近くにあったな。懐かしい。

「こんにちは。御用はなんですか?」

「魔石とヤローナ草の買取りをお願い」

「承知しました。わぁ! 結構大量ですね~。ちょっと待って下さい。多いので奥の部屋でやりましょう」

出した魔石とヤローナ草の多さに受付の女性は驚き、部屋を準備するため中へとパタパタ走っていった。

「えっとー。まずヤローナ草ですが……。状態がいいですね! これは1株3ペルです。1、2、3……13、14、15……28、29、30……36株ですので、全部で108ペルになります。いかがでしょう?」

「それでいいわ~。それを3等分にして、私の分はカードにつけておいて。アイリーンはこの後買い物行くし、現金でもらうのでいい? テルーはどうする? まだ手持ちの現金があるだろうから素材のまま持っているほうがいいかしら? ほら、ポーションの素材で使うこともあるし」

108ペルなら、1人36ペルかぁ。カジュアルな服1着買えるくらいなら、イヴの言う通り素材で持っていた方が良いかも。空間魔法付きポシェットもあるしね。

「確かにそうですね。これでポーション作りの練習するのもいいかもしれません。すみません。私の分は買取りキャンセルで」

査定だけ受ける人も多いから構わないと言いながら、職員は何か気になるようなことがあるようで、魔石の方をちらっと見ながら口を開いた。

「さて、魔石ですが……これはまた多い。気になるのがこの黄色の魔石なのですが、17個も色形、大きさが似通っているのですが、何か群れにでも会いました？」

「そうなのよ～。ウォービーズの群れにあたっちゃって、結構大変だったの。近くの村の人曰くいつもより多かったみたいよ」

「ウォービーズですか！　よくご無事で。ちなみに数をお聞きしても？」

やはり、この辺では冬のウォービーズは危険な物として認識されているらしく、ギルドでも冬の間はなるべく山に入らぬよう注意喚起しているのだとか。

イヴが今回出合ったウォービーズの群れは100くらいだというと、職員の顔は驚きのあまり、目は見開き、そしてみるみるうちに顔色を失った。

「100！　通常の3倍……いや4倍！　まさかそんな……。それならこの魔石の数も納得です。それにしてもウォービーズの数が多すぎますね。それはギルドでも調べなければ」

まだ彼女は、驚き、信じられないと時折つぶやくけれど、魔石の数を見て100くらいの群れでもおかしくないと納得したようだ。

気を取り直して査定の続きだ。

「買取り価格ですが、このウォービーズの魔石は一つ10ペル。残りの6個のうち、これとこれは一つ15ペル。こちら四つは一つ6ペルでいかがでしょう?」

「魔石もそれでいいわ！　テルーは魔石のまま持っている？　割り切れない分は今日のディナー代にしましょうね～」

「はい。私の分は魔石のままにしたいと思います。えっと、この15ペルの魔石二つとウォービーズの魔石二つ、それから6ペルのも二つ買取りキャンセルで、残りの分はカードにつけてください」

それからアイリーンは現金を、イヴと私はカードにお金を振り込んでもらい、ギルドを出る。

初めて残高確認してびっくりした。

そう。いつの間にかいっぱい入っていたのだ。

これは……プリンのお店も靴のお店も多分私がオーナーのままなのではないだろうか？　後で母様に聞いてみよう。

ギルドを出ると、次は宿探しだ。イヴがギルドで聞いていたところに行ってみる。

人のよさそうな夫婦が切り盛りする、清潔感のある小さな宿だった。

冒険者にとっては少し高めの宿らしいけれど、そのかわり荒くれ者もいないし、知らない人と相部屋にもならない。

もっと安い店になると一部屋に二段ベッドが三つも置いてあり、トイレ、浴室、キッチンが共有なんだとか。

ここは個室だし、有料だけど頼めば奥さんが食事も作ってくれるし、洗濯もしてくれるという。今回は使わないけれど、お金に余裕があるなら居心地が良く、食事も洗濯もできるのだからよい宿だと思う。空いていてよかった。

それに何より……。

「うわぁ。ふかふかのベッドだ……。久しぶりのベッドだー！」

「久しぶりに横になってみると、ベッドってなんていい家具なんでしょう」

ずっと山の中でテント生活だった私たちは、久しぶりにきちんとした寝具で眠れるということに感動し、部屋に荷物を置きに来ただけのはずなのに、ついついベッドにダイブしてしまう。

あ～幸せだ。

荷物を置くと、買い出しだ。

明日には国境を越えるから、今のうちに必要なものを買い足さなくては。

というのも、ここは国境の町なんて言われているけれど、実際国境があるのはここから馬車で2時間ほど行った山中で、宿屋の奥さん曰く、国境を越えた先もしばらく山の中とのことだったので、ここでできるだけ必要なものを買いこまなければ買う場所がないのだ。

「テルー。準備いい？　もう行くわよ！」

まず行った先は服屋。ずっとイヴの借り物だったので、アイリーンの服を買う。

アイリーンは、最低限の動き易い服と安価な袋状の鞄、下着を買った。手持ちがないのでどれも一番安い服だが、似合う。お姫様のようなドレスから安い冒険者服まで着こなすアイリーン。

やっぱり、顔が良いと何を着ても似合うものなのだろうか。

次は武器屋。

アイリーンはずっと魔法で戦闘していたから武器は使わないと思っていたけれど、投げられる小さいナイフをいくつも買い、身につけている。

あんなにナイフを身につけていたら、自分の体を傷つけそうなものだが、アイリーンは慣れているから大丈夫とのこと。

「え？　ナイフを身につけるの慣れているの？」

「あぁ。ほら、あの教育の一環で護身のために身につけていたのよ」

なるほど。アイリーンの言うあの教育とは、まぎれもなく王子妃教育で、襲われる可能性の高い王族は護身術がある程度使えるようでなければならないのだろう。

それにしても、慣れているということはドレスの下にナイフを仕込んでいたってことだろうか。

月並みな感想だけど、王妃って大変なんだな。

私には武器を扱う技量がないので、店内をうろちょろ珍しそうに見て回る。一通り見ると、店の隅に堆(うずたか)く盛ってある乾燥した白い葉に気がついた。

あれ？　これって……もしかして。

「お嬢ちゃんこれが気になるのかい？　これは乾燥させた白サルヴィアの葉だよ。野営の時なんかに、木と一緒に燃やすと魔除けになる。強い魔物には効かんが、弱い魔物程度なら避けてくれるから、まぁまぁ便利だよ」

やっぱり白サルヴィアだった。『植物大全』を読みこんでいた時に、見つけた薬草だ。この薬草を本で見つけてから欲しいと思っていた。

アイリーンがナイフを買う隣で私も白サルヴィアを買う。

その後雑貨屋にも寄ってこまごまとしたものを購入し、八百屋にも行き食材も買い足した。


夕飯は、雑貨屋のお姉さんが美味しいと言っていたお店に来た。

「かんぱーい！」

イヴとアイリーンはお酒、私は葡萄のジュースで乾杯する。

お姉さんおすすめのお店は繁盛しているらしく、早めにきたのに席も8割埋まっている。

わいわいがやがやと人々が陽気に話している声をバックミュージックに先に出してもらったナッツと飲み物を楽しむ。

「お待たせしました～。こちらが鶏のミラネサ。うちの看板メニューよ。あとこれがサラダね。このオイルと塩をお好みでかけてね。きのこのソテーは、6種類のきのこを使っているの。ここら辺にしかないきのこもあるらしくって、旅の人はみんな珍しいみたい。それじゃ、楽しんでね」

ミラネサは、薄くスライスしたチキンカツだ。その上にトマトのソースとチーズがかかっている。美味しそうだ。

料理が来たので、改めて乾杯。

にぎわっている店内は、わいわいがやがやと楽しそうな音に包まれていて、自然と私たちの声も大きくなる。

「お店で食べるなんてひっさしぶりね～」

「私は人生で2回目です」

「2回目!?」

「私もテルーくらいの頃は家からほとんど出ませんでしたから、お店で飲食するというのは学校に入ってからという人も多いと思いますよ」

イヴが驚き、アイリーンが説明してくれる。

「そっか。テルーまだ8歳だったわね。時々何だか忘れちゃうわ」

そんな話をしていると、私の後ろのテーブルからは、「酒を追加で頼むー！」と声が上がる。

給仕のお姉さんも「はーい。少しお待ちくださーい」なんて叫んでいて本当ににぎやかだ。

「んんんー！　きのこソテー美味しい。テルーこの黒いきのこ明日買いに行きましょうよ」

そういうアイリーンの側では、給仕のお姉さんがお酒の追加を持ってきて、さらにその隣の注文を聞いている。

「お姉ちゃんたち一緒に食べるかいー？」

イヴの奥のテーブルから声がかかった。酔っぱらったおじさんたちの顔は真っ赤で、そのうち一人は眠っている。

「ありがとうね～。でも今日は女子会なのー」とイヴがさらりと受け流す。

あぁ、楽しい。

たくさんの人が行き交う町で、普通に言葉を交わし、美味しいものを食べる。

ただそれだけなのに、とても楽しい。

静かな森の中の焚火の前で語らうのも好きだったけれど、こうやってお酒が入っていたり、気の合う仲間との食事であったり、いろんな人が楽しい気分を醸し出し、ちょっと浮かれた空気の中笑って、食べて、話すのはすごく楽しい。

それはわかっている。だから、この町に留まるのは1日だけ。

かと言って長居すれば、どこかからスキルのことが漏れてしまうかもしれない。

明日の朝一番の馬車で国境に向かう。

でも、もうちょっとこの普通の暮らしをしたい気もする。

人目を避けて山の中を歩かなくてもいい生活。普通にご飯を食べて、普通に買い物する暮らし。

いいな。

もっとここにいたいな……そういう気持ちをぐっと飲み込む。

大丈夫。

明日からは普通の暮らしだ。明日からは。

明日クラティエ帝国に入ったら、もうスキル狩りを恐れる必要はないし、アイリーンも無事国を出られるので、私たちは晴れて逃亡生活に終止符を打つのだから。

やっとだ。

その日はいつもよりたくさん話して、たくさん笑って、楽しくて、嬉しくて希望いっぱいでぐっすり眠った。

第三章✴スタンピード

朝から馬車に揺られている。

一日何便かある国境行きの乗合馬車には私たち3人と冒険者風の若者二人、物静かな眼鏡の男性の合計6人が乗っている。

朝8時に出発した馬車が国境にたどり着いたのは、昼前だった。

国境の町ビジャソルン……国境が遠いよ。

まぁ国境が切り立った山の中にあるため、町を作れるくらいの平地を求めれば、それくらい離れるのは仕方ないことかもしれない。

ちょっとお腹すいたなと思いながら馬車を降りると、関所が見えた。

関所に着くと、まずは冒険者の二人が先に行き入国。

その後が私たち。

冒険者カードを見せ、ギルドにもあった水晶の魔導具にカードを差し込む。

これで身分確認を済ませ入国料を払ったことになる。

イヴの確認が終わり、アイリーンも難なく終わり、ちょっとドキドキしていたけれど私も無事入国できた。

私の後ろには眼鏡の男性が続き、カードを見せる。

あ、あのカードは商業ギルドのカードだな。商人だったのか。

入国するとすぐ物売りが群がってくる。

「＊＋＃／＠〇×」

え？　何を言っているかさっぱりわからない。

イヴもそれに応えてよくわからない言葉を話している。

その時になってやっと私は気が付いた。

クラティエ帝国はトリフォニア王国とは言語が違ったんだった！　日々の暮らしに慣れるのに精いっぱいで忘れていた。

そう思った時、物売りたちが目を見開き、何かわからないがあれこれ叫んで逃げていった。

言葉のわかるイヴが瞬時に振り向き、剣を抜く。

「テルー！　結界！」

イヴのその言葉でようやく後ろから大きな雪崩のような音が迫ってきているのに気が付いた。

急いで後ろを振り返る。

ごろん、ごろんと身を丸めてタイヤのように転がってくる魔虫ローラーや一度走り出したら猛スピードで止まらない暴走魔獣ボイアを先頭に、トリフォニア王国側から大量の魔物がこっちに向かってきていた。

え？　えええええー！

逃げなきゃと思うけれど、魔物のスピードは速い。

無理だ。

先に入国した冒険者たちも気づいたようで戦闘態勢になっている。

「テルー早く結界を！　関所から5メートル離れたところに張って。貴方たち！　ここから後ろなら安全だわ！　厳しくなったらそこまで下がって」

イヴはテキパキ指示を出す。

その隙にアイリーンは関所まで戻り、関所のスタッフと眼鏡の男性を私より後ろに移動させる。

一人ぼけっとしていた私はイヴの指示にやっと覚醒して、白サルヴィアの葉を出す。

これを使ってみよう……。

ウォービーズの戦いの後、私は結界の強化を考えていた。

アイリーンは毒を受けてすぐに結界内に入ったのに完全に解毒できていなかったからだ。

聖魔法は付与魔法だ。それなのに私は魔力だけで結界を作っていた。

だからきっと今までの結界は粗悪品。

適切な素材を使ってこそ付与魔法の真価がわかる。

魔力だけで増やしたものは、魔力消費が大きい割に効果が薄いのだ。

それから結界を付与するのに最適な素材は何かと『植物大全』を読み込み、見つけたのが白サルヴィアだ。

アイリーンを救ったアマルゴンも考えた。

解毒効果が強くなるだろうから、集団食中毒など毒を受けた人がたくさんいる場合には効果的だろう。

けれど旅の間に欲しい結界は魔物から守ってくれる結界だ。

そこで目をつけていたのが白サルヴィアの葉だったのだ。

白サルヴィアは瘴気の浄化効果がある。魔物は瘴気を多量に取り込んでいるというから、きっと魔物に効くだろう。

でも、初見でうまくいくかわからないから、いつもの結界と二重に張ることにする。

外側に白サルヴィアの結界、内側にいつもの結界。

結界を張って、税関のスタッフと眼鏡の男性が結界までたどり着いてすぐ、先頭の魔物が私たちのところへたどり着いた。

真っ先にやってきたボイアは血走った目に、歯を剝き出しにし、涎（よだれ）がだらりと垂れている。

ひぃっ！

イヴがスパッと真二つにする。

ほっとしたのも束の間、すぐに別の魔物たちがやってくる。

ローラーやボイアだけじゃない。今まで戦ったモースリーやベアルスもいた。ありとあらゆる魔物たちがこちらに向かって突進してきていた。

アイリーンがナイフを投げ3体、冒険者が大剣を振り回し2体、もう一人の冒険者も槍で1体、またイヴが魔物の中を走り抜けて3体倒れた。

それでもまだまだ湧いてくる。

10分ほどして、大剣の冒険者が下がってきた。

腕を負傷している。

「ごめん。ちょっと痛いけど辛抱して」

「え？　な、なにを？」

「水(アグア)」

すぐさま傷口を水で洗い、砦村で試しに作ってみた傷薬を塗り込み、さらに回復をかける。

「お？　痛くねぇ！　ありがとな！」

そういうと冒険者はまた戦いに戻っていった。

魔物の数は増え続け、結界にも到達するようになった。

「許さない！」

「憎い……」

「たすけて」

ぞわりと寒気が走る。

え？　これ……なに？

魔物が白サルヴィアの結界にぶつかるたびに魔物は身を捩り、苦しみながら消えていく。

小さな魔物は1回で、大きい魔物は何度か体当たりして消えていく。

その際に声が聞こえるのだ。

「痛い」

「苦しい……」

「助けて！　怖いよ……お母さん！」

きょろきょろとあたりを見回す。やはり声の主と思われる人はいない。

「この声は……なに？　誰の声なの？」

「大丈夫ですか？」

眼鏡の男性が声をかけてきた。魔物が怖くてパニックになっているように見えたのだろう。

そうじゃない。確かに魔物は怖いけれど、今私の心を占めているのは声だ。

だけど、眼鏡の男性はまるで声など聞こえていないかのよう。振り返り、関所の人の顔も窺うが、その顔は魔物と冒険者たちの戦闘に釘付けで、こちらも声など聞こえていないようだ。

みんなは……聞こえていないの？

その時、槍の冒険者が帰ってきた。

ハッとして、急いで駆け寄る。傷口を水で洗って、薬を塗り込み、回復をかける。

槍の冒険者は、礼を言うとすぐに戦いに戻って行った。

30分は経ったのではないだろうか？

それでも魔物はまだ湧き続ける。

アイリーンが魔力切れギリギリで戻ってくる。昨日ビジャソルンの町で買ったポーションを飲んでまた戻る。

イヴも、大剣の冒険者も、槍の冒険者も……。

あまりの魔物の数に交代で休みつつ、戦う。

まだ終わらないの？

背後で馬の蹄の音が聞こえる。よかった。援軍だ！

20人ほどの警備隊員が、結界を通り抜け、戦いの最前線に向かう。

隊員も冒険者もイヴもアイリーンも死力を尽くして戦うけれど、それでも結界までたどり着く魔物もいる。

「お願い帰して！　家に帰りたい！」

「助けて！」

「やめて！」

「痛い。痛い。痛い」

誰にも聞こえていないこの声はなんの声？　誰の声？　魔物の……声？　そんなまさか。

ポタリ……汗がでる。

もう結界を発動して結構経つ。攻撃もたくさん受けている。

魔力……持つかな？

結局3時間に渡り、魔物は湧き続けた。

最後まで戦えたのはイヴと隊員の一部だけだった。

魔力切れや私の回復では治せない怪我を負った人がどんどん離脱してくるため、結界は何としても維持しなくてはならない。

最後の方は、怪我人の回復をする余裕もなくなってしまった。

だから私の後ろで関所のスタッフと眼鏡の男性が止血をしたり、包帯を巻いたり怪我人の手当てをしていた。

いつの間にか辺りが静かになる。あの声ももう聞こえない。

やっと終わったのだ。

ギリギリのところだったかもしれないけれど、私たちの勝ちだ。

怪我人はたくさんいるが、死者はいない。

終わった。本当によかった……。

イヴが戻ってくる。

「テルー、アイリーン無事？」

「大……じょうぶ」

「さすがにちょっと、疲れた、わ。ウォービーズの時から、私たち、戦いすぎよね」

アイリーンは、肩で息をしながらそんなことを言う。

みんな無事だけど、もうボロボロだ。

私も大丈夫と言ったものの、魔力がすっからかん。あと少しでも使ったら倒れちゃうかもな……

とぼんやりと考えながら、私は何か見つけた気がしてふらふら脇に逸れる。

あ……この子ぐったりしている。巻き込まれたのかしら？

無意識に抱き抱えた時、ぐらりと体が傾く。
そのまま私の意識はプツンと途切れた。

目が覚めると白い天井が見えた。
周りを見回しても誰もいない。
ここ、どこだろう？
コンコンとノックの音がして、誰かが入ってくる。
「#／@＊☆%？」
何を言っているか全くわからない。
ちょっとくたびれた白衣を着ている初老の男性は治癒師だろうか？
言葉が伝わらなかったとわかったのだろう。
手を口に持っていき、食べるジェスチャーをしてきた。
食べられるかと聞いているのかな？
とてもお腹が空いている私はコクリと頷いた。
男性はそのまま出ていき、パン粥にスープ、焼きリンゴを持ってすぐ戻ってきた。
美味しそうな匂いに、私のお腹はどんどん空腹を感じてくる。
私の目の前に置き、どうぞと示してくる。
だから私もニッコリ笑って「ありがとう」と言う。

伝わったかな？

温かく、お腹にも優しいご飯はするする胃に入っていく。

最後に焼き林檎を堪能していると、ドアが開かれた。

アイリーンとイヴだった。

「テルー！　起きたの？　具合はどう？　ほんと……前から思っていたのだけど、テルーは躊躇いなく魔力使いすぎ！　普通はね、倒れるほど魔力を使う前に怖くてキツくて、魔法止めちゃうのよ。自己防衛本能！　なのにテルーは……もう何回限界超えるまで使っているのよ！　私と旅にでたった数ヶ月でも何回か見ているんだから。もうちょっと自分を大切にしなさい」

「イヴ、まだ起きたばかりですから。その辺で。でもテルー、心配したんですよ。もう加減はいいのですか？」

イヴもアイリーンも私の姿を見て明らかにホッとしたようだった。心配かけちゃったな。

「心配かけてごめんなさい。でももう大丈夫！　すっごくお腹ぺこぺこで、今もらった食事もペロッと食べちゃったくらいなんだから。それで、ここは？」

「そうよかった。ここはクラティエ帝国側の国境の町ラキシェンカにある治療院よ。その様子だと大丈夫そうだけど、先生もあと1日はゆっくりした方がいいっておっしゃっていたから、最低1日は入院ね。もう三日も寝ていたのよ」

三日!?

誘拐事件の時も魔力切れ起こしてそれくらいかかったもんね……。

道理でお腹が空いているわけだ。

その後警備隊の人と関所の人が来て、今回のことの聞き取り調査をされた。

みんなその場にいたから知っているんじゃないかと思ったんだけど、一応全員に聞いて、齟齬(そご)がないか確認するんだそうだ。

ちなみに関所の人は通訳として来たらしい。

物売りが騒ぎ、逃げて、魔物の群れが来たと気づいたこと。

そのあとはひたすら後方でサポートしていたことを話して、終わりだ。

警備隊の人は帰って、関所の人だけが残る。

なんだろう?

「あの、改めてあの時助けてくれてありがとうございました。貴女の結界のおかげで今私は生きています。月並みな言葉しか出ないが、本当にありがとう」

「いえ、見てらっしゃった通り私は戦いでは足手纏いですから、後方で安全な場所を確保するくらいしかできないんです。今回はすぐに警備隊が来てよかったですよね。流石にあの数を４人で倒し切るのは難しかったと思いますし」

関所の人は何か聞きにくいことがあるのか、私が話している間どこかソワソワして、目線を私の手元や奥の花瓶へとさ迷わす。

「……そうだな。あー、その、うん。直球で聞くが、君は聖女なのかい?」

「いえ、違います」

否定したものの、あまり信じてもらえてないようで、聖女とは何か、聖女候補とは何かを説明したのち、聖女でないなら、聖女候補ではないかと聞かれた。

ちなみに関所の人曰く、聖女とはトリフォニア王国で類い稀なる癒やしの力を持つ人を指し、正式に教会で認定された人のことを言う。それ以外でもスキル判定で聖女になれそうな魔力量を持った聖魔法使いは聖女候補というのだという。

そして、聖女、または聖女候補は勝手に国を出てはいけないことになっているそうなので、関所の方の懸念はそこだったらしい。

スキル判定で聖女を見つけていたんだ。知らなかった。

ともあれ、私が聖女でないことを示せば問題ないはずなので、急いで関所の人に聖女ではないとアピールする。

「いえ、聖女とも聖女候補とも言われたことはありません。私はただの平民ですよ。ほらね。地(テイエラ)」

そう言って小さな土人形を作った。

関所の人が目を見開いた。

「☆○⊮#@……」

驚いたからか関所の人はトリフォニア語で話をするのも忘れている。

「え？　今なんて？」

「あ、すみません。では入国も問題ありません。ここからは私の独り言なのですが、もし聖女様、聖女候補様であったらトリフォニア王国はどんな手を使っても返還を求めたでしょう。クラティエ帝国は聖女信仰がありませんが、トリフォニア王国の信仰は強いですからね。今回のことは国境沿いでのこと。あちらも結界を見た可能性はあります。我々から貴女を差し出すことはしませんが、重々お気をつけて」


いや、でも入国できたし。入国できたから大丈夫……なのかな？

聖女じゃないって信じてもらえなかったのかな？

あれ？　なんだか喋り方丁寧になってない？


関所の方が帰り、夕方になった。

早めの夕飯は、パン粥とオムレツ、そしてりんごだった。

美味しい。

美味しいけれど一人で食べる食事はちょっぴり味気ない。

残念に思いながら食べていると、ドアが少しだけ開いた。

誰？　誰も……いない？

え、やめて。治療院でそれは……ちょっと怖い。じわーっと恐怖が心に溜まっていた時、足に重みを感じて目線を下げる。

「にゃー」

そこには真っ黒な猫がちょこんと座っていた。

驚いた。私が倒れる前に地面で蹲（うずくま）っていた子だ。

る。

「大丈夫だった？　巻き込まれたの？　災難だったわねぇ」

私の言葉がわかるはずなどないのだけど、猫はこくんと首を縦に振って、さらに近くに寄ってくる。

「ふふふ。撫でてもいいかしら？　よしよし。可愛い。今夜は一人だと思っていたからちょっと寂しかったの。来てくれて嬉しいわ。あら？　ここちょっと怪我している？　ちょっと待ってね。猫に効くかはわからないんだけど……これを塗ってあげる」

人より小さいから少なめに塗ったほうがよさそうね。ほんの少し薬を塗って、回復をかける。

「これは私が作ったお薬なのよ。きっと良くなるからね」

そう言うと、この黒猫はまたもタイミングよくこくんと首を縦に振った。

なんだか本当に話をしているみたいだ。

「きっと明日にはいなくなっちゃうんだろうけど、今の間だけ名前つけてもいいかな？　呼びにくいの。んーなにがいいかな？　黒猫さんだし、やっぱりジジ？」

ジジは嫌なのか黒猫はゆっくりと首を横に振る。

「え？　いや？　じゃあ、うーんルナ？　ダメか。あ、ネロはどう？　じゃあネロだね！」

ルナを提案するもやはり首を横に振られ、ネロの名前を出すと「うんうん。いいね！」とでも言うかのように、何度も首を縦に振った。

やっぱり私の言葉がわかっているんじゃないだろうか。

「ねぇ、ネロ。私聞こえたの。魔物が結界に当たるたびに悲鳴みたいな声が。苦しいって、助けてって、許さない、憎いって……お母さんを呼ぶ声も聞こえたわ。ねぇ、ネロ。あの声誰も聞いてないみたいなの。私の記憶が間違いなのかな？　あの声はどこからきたのかな？　なんか気になるの。私には何もできないけれど、忘れられないのよ」

ネロは私をじっと見つめている。

「今までの結界で声が聞こえたことなんかなかったわ。だからきっとこの変化は白サルヴィアを使ったから……よね。魔物がぶつかった時に聞こえた声は、男の人の声も女の人の声もあった。ねぇ、ネロ……。魔物って何なの、か……しら？　ふぁぁ」

あ、急に眠くなってきた。

その夜、私はネロを抱きしめたまま眠りについた。

✴

俺の名前はギルバート・ベントゥラ。

ベントゥラ辺境伯嫡男であり、学園を卒業した3年前から辺境伯騎士団に入り、今は副騎士団長をしている。

辺境伯というのは、どうしても国防の要だ。だからこそ、どうしても力……戦う力がないといけない。そういう理由もあって、領主の息子は皆辺境伯騎士団に入れられる。

基本的には嫡男が領主を務めるが、この騎士団での実績次第では嫡男以外が領主になることもある。

嫡男だからと胡座をかいてはいられない。

全力で騎士団の仕事に取り組んできた俺には今一つ気がかりがある。

毎年要請のあるウォービーズ討伐の依頼が、今年はまだないのだ。

毎年カラヴィン山脈奥地にある砦に住んでいる住人がウォービーズを5匹見た時点で討伐依頼をかけてくる。依頼が出たらすぐに騎士を引き連れ、討伐に行く。

去年も、一昨年もそうしてきた。

しかし、今年はまだない。

今年は、ちょっと遅すぎないか？

……はっ！

あの村の者たちは魔法が使えない。まさか、討伐依頼を出す前にやられたか……？

だから討伐依頼が出てないのか？

考えれば考えるほど悪い想像が広がっていく。

「ジャック。ウォービーズの討伐依頼まだ出てないか？」

「ええ。まだ依頼ありません。今年は遅いですねぇ」

ジャックも悪い想像をしてしまったのか顔色が悪くなる。

「流石に遅すぎる。何かあったのかもしれない。討伐のために編成していた騎士を連れ、明日朝一番に砦に向かう。皆に準備をするよう言っておいてくれ」

その日は突発的な事件もなかったので、明日から砦に行く分書類仕事を片付ける。

「ギルバート！」

「なんだ。ノックくらいしろ。ジャック」

いつもは余裕たっぷりなジャックが急ぎドアを開ける。めずらしいことだ。

「悪い。だが聞いてくれ。さっきギルドから連絡があった。ウォービーズは通りすがりの冒険者が退治したそうだ」

「なんだ。そうだったのか」

あんな山の中を歩く冒険者がいることに驚いたが、まぁ腕のある冒険者パーティならウォービーズを倒せても不思議ではない。

「だが、ここからがおかしい。本当かどうかわからないが討伐数は１００近いそうだ」

「なんだと!?　例年の比じゃないぞ！　それは確かなことなのか？」

「それがですね。もちろんギルドでも偽の申告を疑ったようなのですが、そのウォービーズの魔石も持ち込みがあったようですよ。同じ色、形のものが17個。本当に１００匹いたとしたら、妥当な数です。それで、ギルドもこちらに知らせてくれたらしいです」

確かに、17個もあればそれくらい魔物の数はいたはずだ。冒険者が嘘をついていたとしても、ウォービーズでなかったか、過去に戦ったことのある魔物の群れの魔石を出しているかだ。

だが、そんな嘘をついたところで何のためになるというのだ。

ま、考えても仕方ないか。どちらにせよ冒険者にも、砦の村にも確認しないと始まらない。

「それが本当だとして、そんな数を討伐できるなんてよほど有名なパーティだろう。詳しく話を聞きたい。誰だ？」

「それが……」

パーティ名を告げるだけのはずなのに、ジャックは言いよどむ。

「どうした？」

「……イヴリンです。それとアイリーン、テルーの３人です。パーティではありません」

イヴリンというのは、Ａランク冒険者のイヴリンか？

ならば納得だ。だが、たとえランクＡだとしても３人で１００匹の討伐なんて無謀だ。

しかも誰だ。アイリーンとテルーとは？

困惑が顔に出ていたのか、ジャックがすかさず資料を渡してくる。


【アイリーン・15歳・ランクＤ】


資料には過去に受けた依頼一覧が載っている。

活動拠点は王都周辺とメンティア侯爵領か。

ん？　15歳で王都とメンティア侯爵領で、アイリーン……。

これはもしかしなくても、アイリーン・メンティア侯爵令嬢か!?

卒業パーティで婚約破棄され、国外追放中に魔物に襲われ死亡なんて噂を聞いたが、生きていたのか。

よかった。

彼女とは1年在学期間が被っていたが、誰かに嫌がらせをするようなタイプには見えなかった。

それに嫌がらせだけで国外追放っていうのもひどすぎると思っていた。

だからもし生きていたのなら本当に良かった。

だとしたらランクはDだが、実力はCまたはBランクレベルか……。

きっと王子妃教育などで依頼はあまりこなせなかっただろうからな。

そして気になるのは、もう一人。


【テルー・8歳・ランクE】


依頼達成なし。

ランク判定を受けてドレイト領でEランクに昇格か。

8歳!?

ということは、実質イヴリンとアイリーンの二人じゃないか。

二人で100匹の討伐なんて無理だろう?

まぁ、いい。結局話を聞きに行かねばわからないんだ。

「明日冒険者3人に話を聞いといてくれるか？　やはり俺は明日朝一番に一部の騎士を連れて、予定通り砦まで行ってくる。疑うわけではないが、やはりたった3人……いや、実質二人で100匹を討伐なんて考えられないし、たとえそれが本当だとしても被害は甚大だろう。現場を一度見てくるよ」

翌日日の出とともに馬を走らせ到着した砦は、いつも通りだった。

とりあえず、村は無事のようだな。

困惑しつつも村長の家に行く。

「村長。久しぶりだな。ウォービーズの時期なのに今年は依頼がないが、問題ないか？」

「ご無沙汰しております。ギルバート副騎士団長。実は今年は通りすがりの女神様たちがウォービーズを撃退してくれたんですわい。それで依頼を出していないとです」

冒険者が女神になっている……。

「女神さま……ですか？」

「おぉ！　倅（せがれ）がちょうど討伐の時に居合わせましてね。おーおい！　ボビー！　ギルバート様にウォービーズの時の話してくれねぇか」

ボビーはこの話をするのが心底楽しいらしく、身振り、手振りを加えて、熱のこもった口振りで語ってくれる。

まるで朗読劇でも見ているかのようだ。

村ではもう何度も語られたことらしいのだが、何度でも聞きたいといつの間にか俺らの周りには何人もの村人が集まってきていた。

彼から聞いた話は驚きの連続だった。後ろで騎士たちもどよめいている。

彼の語るところによれば、討伐依頼を出しに行く途中で女神こと3人の冒険者に出会ったという。

「彼女たちはウォービーズの危険性なんてまるで知らないようだったので、俺はちょっと強めに忠告したのさ。なんたって女3人、しかもそのうち一人は子供だ。ウォービーズに出合えばひとたまりもないと思うのは無理ないことだろう？　話を聞いて、彼女たちも下山することを決めたんだが、その時に……俺は彼女たちの後ろからやってくる黒い雲を見つけた。もちろん雲じゃない。それだけ大量のウォービーズさ」

襲われた時のウォービーズの数は3、40匹だったという。ボビーは、彼女たちを逃すため前に立ち戦ったが、彼女たちは逃げずに迷うことなくボビーとともに戦うことにしたらしい。

その陣形は、イヴリンとアイリーンが前衛でウォービーズと戦い、テルーは後方で待機していただけだったという。

「テルー様は、最初後方で戦いを見ていたけれど、俺はそれを何とも思わなかった。だってそうだろ？　テルー様はまだ子供なんだ。だから邪魔にならぬよう後ろで待機していることは何も不思議じゃない。だが、テルー様はただ戦いを見ていただけじゃなかったんだ」

戦闘に加わったアイリーンの勧めで、一度後方に戻り体力を回復することになったと言うボビー。ボビーがテルーの近くまで戻るとテルーが回復をかけてくれたという。

回復？　なるほど、テルーは聖魔法使いなのか？

「だがな、驚くべきはそれだけじゃないんだ。まだ何も姿が見えない段階だったというのに、テルー様はアイリーン様の左からさらに60匹のウォービーズが来ることが分かったんだ。予知能力でもあるんじゃないかと思ったね」

なに？　さらに60匹？　それに、姿も見えない戦闘から少し引いた場所で誰よりも早く60匹のウォービーズが来るのを察知したというのか。熟練の騎士ならば気配を感じることもできるやもしれないが8歳の子が？

そんなことあり得ない。

ボビーはまだまだ話し続ける。ボビーの語り口はどんどん熱くなっていき、聴衆もだんだん白熱してきた。後ろに控える騎士たちも時折「おぉ！」とか「まさか！」なんて声をあげ、ボビーの話に完全に引き込まれている。

60匹増え、合計100匹近いウォービーズになり、ついにアイリーンが毒に倒れたとボビーが話す。俺も不覚にも「大丈夫だったのか？」などと口に出してしまう。当然後ろの奴らは「くそっ！アイリーン！」「生きていてくれ！」と口々に叫んでいる。

ボビーはすかさずアイリーンを後方へと避難させるが、そこからがこの話の一番変なところだった。

岩の側が結界になっており、そこまで運んだアイリーンは刺されたら5～10分で死に至るというウォービーズの毒を受けてもなお生き延びていたこと、そして代わりに前線に立ったテルーが火や風を使い、イヴとともにウォービーズを倒したこと。それに何よりテルーはウォービーズに何度も刺されていたらしいのだが、全く平気だったという。

どういうことだ？　さっきは回復をかけ、戦闘時は火や風を操る。スキルは……なんだ？

それに結界？　聖女か？　いや、聖女だったとして攻撃が全く効かないなんてことはない。

話を聞けば何かわかるかと思いここまでやってきたが、話を聞いても全くわからん。

テルーの不可解さに疑問が次々と湧いている時、後ろの騎士から声が上がる。

「結局アイリーンはどうなったんだ？」

その言葉を受けて、またボビーは話し始める。今度はところどころ村の人も話しながら、語られるところによると、致死性の毒を受けたアイリーンはこの村で療養し、回復したらしい。

その治療にあたったのがまたもテルーという少女。

どういうことだ？　話が本当ならばその少女は聖女をはるかに凌駕する能力の持ち主じゃないか。

俺はまだこの時、ボビーが大袈裟に話しているんだろうと思っていた。だが、そう思っていたのは俺だけではないはずだ。ともに聞いていた騎士たちもそう思っただろう。

なぜなら、ボビーの話はなるほど面白かったが、現実的に考えれば信じられないことばかりだったからだ。

100匹を実質3人で退治したことも、攻撃が効かなかったことも、聖女しか張れないと言われる結界も、複数のスキルを使うことも、致死性の毒を受けたにもかかわらず回復したことも。

だが、俺の中のほんのひとかけらが本当のことなのではないかと訴えていた。

ボビーはいつも町まで依頼を出しに来てくれる青年だ。口は悪いが性格は実直で面倒見がいい。

嘘をついたりするやつではない。場を盛り上げるために話を盛ったりする奴でもないのだ。

その時遠くから何かゴォォと聞きなれない音が聞こえた。

「なんだ……?」

音はどんどん近づいて来る。騎士にも村の人にも不安と緊張が走る。

なんなんだ！　この音は。

皆が様子を確かめようと家を出ると、今度は地震かと思うような揺れが起きた。

揺れていたのは時間にして30秒ほどだろうか。

「草だ！」

誰かが叫んだ。

彼が指差す方に視線をやると、草がぐんぐんぐんぐん伸びている。

ありえない速さで成長し、隣り合う草に絡み合い、どんどん空を埋め尽くす。

「おい！　出口を確保しろ！」と命令した時にはすでに遅く、砦の門は草が蔓延って出られやしない。

騎士たちが草を切り分け外に出ようとするが、草の成長スピードが速く出られない。

30秒ですっかり空を覆い尽くしてからは、無駄に体力を使うことをやめ、皆を砦の中心に集めた。

いなくなった人はいないか確認し、騎士たちは出口がないか見回りに、村の者には二人一組で村の備蓄を確認させた。

いつ外に出られるかわからないからだ。

騎士の捜索の結果、出口はどこにもなかった。

揺れは収まったが、正体不明な音はどんどん近づき大きくなる。

近くにいた女がぽつりと呟いた。

「もしかして……女神様の」

「どういうことだ？　女神とやらが今俺たちを閉じ込めているのか？　君は何を知っている！」

正体不明の音に負けぬよう、または得体のしれない草で村に閉じ込められるという焦りから自然と声はでかくなる。

「い、いえ！　テルー様が村を出る前、砦の周りを回っておられたのです。何をしておられたのかと後でお聞きしても『ただの自己満足だから』と教えてもらえなかったのですが、その時『1回くらいなら守れるかな？』とつぶやかれて。だから……あの、テルー様が守ってくださったのかと」

それを聞いた別の男が声を張り上げる。

正体不明の音がまたさらに大きくなり、声を張り上げないと聞こえなくなってきたのだ。

「そうだ！　この硬い草は、テルー様が興味を持っていた草だ！」

それを聞いた村の人たちは「女神様の守護だ！　きっと何かから守って下さっているのだ！」と大騒ぎ。

閉じ込められたという危機的状況でピンと張りつめた緊張感が一気に緩む。閉じ込められているのではない、守られているのだと。

その間にも音はどんどん大きくなる。もう耳を塞ぎたいほどだ。

冒険者テルーはずいぶん、好かれ、信頼されているんだな……。

村人たちの様子と草に守られているというあり得ない状況に置かれ、やっと話は本当なのかと思い始める。

だが、おかしい。

さっきの話に出てきた結界だって、聖女しか作り出せないもののはずだ。現在聖女はおらず、聖女候補と言われる娘が5人いるだけだ。8歳の候補者なんて……いなかったと思うんだよなぁ。

半日ほど経つと、耳をつんざくような音もだんだん消えてきた。

そして全く聞こえなくなった頃、あれだけ絡み合ってびくともしなかった草が枯れ始め、1分もしないうちに砂塵となって消えていった。

なんだったのだろうか……。

恐る恐る砦の外に出て唖然とした。そこは木も草も全て薙ぎ倒されていたのだ。

まっさらになった山の中、虫も動物も空を飛ぶ鳥も！　命あるものは何一つ見えなかった。

何があった!?

俺の後ろから出てきた騎士は驚きのあまり、持っていた剣をだらりと下げただただ目の前の景色を見つめ、村人たちもあまりの風景に言葉を失っている。

誰の言葉だっただろうか。だが、その時誰かがつぶやいた言葉は俺たち全員の心情を表していたと思う。

「何があったら、こうなるんだ」

念のため、村人たちを砦の中にもどし、騎士に周りを巡回させる。

やはり砦の入り口側だけではなく、反対側もどこもかしこも何もなかった。

そしてその何もないところは、まるで何か大きな動物が這った後のように山の下の方へ続いている。

町は大丈夫だろうか。

砦に何人か騎士を残し、すぐさま下山しようとしたところで馬の蹄の音が聞こえた。

「ギルバート！　よかった！　無事か!?」

「ジャックじゃないか！　一体何があった？」

ジャックはこの風景を見ても何も言わず、何があったと聞く俺に驚いている。

「何がって……スタンピードだよ！　すごい魔物の大群が押し寄せただろうが！　ここはばっちり通り道だったから心配して来たんだよ！　それよりさっきまであった草のドームこそなんだ？」

スタン……ピードだぁ？

本当にそうなのか？

とにかく砦の中で身動き取れなかったことを話し、ジャックから外の状況を報告させる。

ジャックが言うには、大量の魔物たちが山を駆け下り、国境の町を襲ったらしい。

あの正体不明の音は、魔物たちが地を駆け、唸る音だったのだ。

幸い強固な城壁が町を守り、多くの魔物は町に入れずそのまま素通りしたようだが、空を飛ぶ魔物や諦めず城壁にぶつかって来る魔物には対処せねばならず、騎士団の被害は甚大。

その上城壁の一部も崩れているという。

町を素通りした多くの魔物は国境を越えてクラティエ帝国へ行っただろうということだった。

はぁ。帝国側に被害を出したとなれば、クラティエ帝国は必ず原因究明と損害賠償を求めるだろう。

そうなれば、我が辺境伯領も何か言いがかりをつけられるんだろうな。

しばらくは休みなしか。

いや、そんな愚痴が言えるだけ幸せか。

スタンピードと呼ぶほどの魔物の大群がこの砦を通ったなら、あの草のドームがなければ俺も、村の人々もひとたまりもなかったはずだ。

確かに、女神だな。


俺は町の被害も確認しなければならないし、女神と謳われる冒険者の3人も気になり、急ぎ町に舞い戻った。

そこでスタンピードの第二報を聞くのだが、それがまた驚くべきことだった。

怪我をした騎士たちの介抱や城壁の修繕を町の人が有志で手伝ってくれていること。

クラティエ帝国に向かった魔物は帝国領に入ってすぐに全て討伐されたこと。

その際、煙のような壁が見え、魔物が壁の中には入れなかったようだという報告があった。

そして……女神改め3人の冒険者は、ちょうどスタンピードがあった頃出国している。

もしかしなくても、絶対そうだろう。

帝国領で魔物を討伐したのはあの3人だ。

きっと煙のような壁とは、テルーの結界だろう。どんな仕掛けかわからないが、あんな草のドームを作れるのだ。煙の壁だって作れても不思議はない。

テルー。これだけのことができるというのに、何度考えても全く名を聞いたことがない。

イヴリンは名実ともに優秀な冒険者だし、アイリーンは村やギルドで尋ねた外見から十中八九メンティア侯爵令嬢だろう。

メンティア侯爵令嬢は頭もよく、強い女性だ。

そんな3人が国を出て行った。

冒険者という自由な身分で。

そういえば最近冒険者の出国人数が増えている。

我が国はいつのまにか重大な損失を出しているのではないだろうか。

とりあえず、メンティア侯爵に連絡しよう。侯爵は娘を政治の道具などではなく、本当に愛していた。今も秘密裏に探していると聞く。きっと無事を知れば安心されるだろう。

理不尽な婚約破棄に、理不尽な国外追放だ。あまりにひどすぎる。

無事を知らせるくらいしかできないが、それが少しでも不安解消になればいい。

ウォービーズに、スタンピードで湧いた大量の魔物の討伐……。

我が辺境伯領が受けた恩には、到底及ばないがな。

第四章✴旅の終わり

翌日無事に退院し、みんなと合流する。

ちなみに昨日ひょっこりやってきた黒猫のネロも一緒。

朝起きた時はもうどこにもいなくて、やっぱりいなくなっちゃったか、猫は自由気ままっていうもんなと思っていたのだけど、退院して病院から出るとどこからともなく現れてついてきたのだ。

増えた旅の仲間はネロだけではない。

同じ時に国境を越えた眼鏡のお兄さんだ。

私の入院中に助けてもらったお礼を言いにきたのがきっかけとのこと。

その時の話から両者共に帝都に行くことを知り、一緒に行こうということになったらしい。

お兄さん改めバイロンさんは、私たちと一緒に行くことで護衛を雇わなくていいし、私たちもスタンピードの際にロバがいなくなってしまったので、バイロンさんの馬車に乗せてもらえるのは助かった。

こうやって誰かと気軽に旅ができるのも追われていない、逃げていない状況だからこそ。

あぁ、クラティエ帝国って自由だ！

馬車の中では何をしているかと言うと、外の景色を堪能するでもなく、バイロンさんに帝都のことを聞くのでもない。ナリス語の詰め込み学習だ。

誘拐からバタバタと帝国目指して旅をして、旅の間は食べられる植物を覚えることや結界を習得することや聖魔法を勉強することに一生懸命になっていて、クラティエ帝国の公用語であるナリス語の習得をすっかり忘れていたのだ。

１００歳オーバーであちこち旅をしているイヴはナリス語もペラペラ、王子妃教育を受けていたアイリーンもペラペラ。

バイロンさんはもともと帝都のご出身のようで当たり前だがペラペラ。

私一人喋れないので特訓だ。

『私、テルー。9歳、です』

「惜しいね。接続語が抜けているからすごくカタコトだし、9歳になっているよ。8の発音はこう。1から10まで数えてみようか」

『はい。1、2、3、4……6？　7、5、8、9、10！』

「残念でした。次は『5、6、7』が間違いだ」

これはバイロンさんが教えてくれた時。

優しく、基礎単語からしっかり教えてくれる。

食事の時は、アイリーンが食材の単語を教えてくれたり、問題を出してきたりする。

『テルー、これはなんでしょう？』

『えっと……じゃがいも！』

『ではこれはなんでしょう』

『……さ、かな？』

「残念。『肉』です」

『いただきます』

『ご馳走様でしょ？』

アイリーンの教え方は、日々を過ごしている中で出てきた食材、物、よく使うフレーズを問題形式で問うやり方だ。日常生活に根差した教え方ともいえる。

夜は懐かしの音読だ。もちろんナリス語での音読だ。

前世を思いだして、最初に勉強したのが算術とトリフォニア語をすらすらと読めるようにすることだった。毎日、『白竜ウィスパの小さな友達』や冒険家ゴラーの伝記を音読したなぁ。

家からでる時マリウス兄様に聞いたのだが、私の音読は兄様の部屋まで聞こえていたらしい。だから兄様もすっかりゴラーの伝記の内容を覚えていて、本当に遺跡はあるのだろうか、いったいどこにあるのかなんて話で盛り上がった。

ゴラーはカラヴィン山脈も旅している。残念ながら詳しい話は載っていなかったけれど、もしかしたら私も同じ場所を辿ったのかもしれない。

夜、音読をしているとイヴが時折発音を直してくれる。

「テルー、だいぶスラスラ読めるようになってきたわね〜。でも、『霧』はちゃんと語尾をあげないと『雨』にも聞こえるわ。もう一回よ〜！」

こんな調子で毎晩音読に付き合ってくれる。

3人の優秀なナリス語の講師がついているのだから、頑張って話せるようにならなければ。


馬車で1週間ほど進めば、クラティエ帝国側の国境の町ラキシェンカ以来の町が見えてきた。

「わぁ〜大きな町〜！」

馬車から見える町を見て歓声を上げる。

「ラキシェンカよりは大きいけれど、ここはまだ中規模の町だよ。サルテスっていう町だ。ここで大きいって言っていたら、きっと帝都はびっくりすると思うよ」

バイロンさんはそう言うが、私が今まで行ったことのある町はドレイトと砦村、トリフォニア王国側の国境の町ビジャソルン、クラティエ帝国側のラキシェンカの四つだけで、大きな町など行ったことがない。

だからあんなにたくさんの建物があるのも驚きだし、町をぐるりと囲む城壁もその奥に見えるちょっとした城ほど大きい領主の屋敷もどこよりも比べようがないほど立派だ。

パカラッ、パカッ……パカ、パカ。

あれ？　まだ町はあんなに遠いのに馬車が停まった。

前世のように信号機などないこの世界では、馬車が停まるのは、目的地に着いたときか不測の事態が起こったときがほとんどだ。

どうしたんだろう？

横を見れば、アイリーンも不思議そうだ。

首をかしげる私たちにバイロンさんが笑顔で言う。

「前を見てみるといいよ。サルテス周辺はいっつも渋滞なんだ」

え？　言われた通り、アイリーンと私は馬車から顔を出して前を見る。

「わぁ！」

「すごい数ね」

そこには何十頭もの牛がのんびり道を横切っていた。

確かにこれは渋滞だ。

「ここは酪農も盛んでね。チーズに牛乳、ヨーグルトが名物。日持ちしないものばかりだからここでしか食べられないものも多い。いつもこれを帝都にもって行ければいいなと思っているんだけど空間魔法くらいなきゃねぇ。僕のおすすめもいっぱいあるから、案内するよ」


ようやく牛が渡り切るとあっと言う間にサルテスの町についた。

見上げるほどの高い城門や門を出入りする人の数多さに、やはり今まで訪れた町のどこよりも大きな町なのだと実感する。

「はぐれないようにしなきゃね！　ネロもちゃんとついてこなきゃダメよー」

「にゃ～」

本当に頭のいい猫だ。ここでネロの首輪も買えるといいな。

問題なく町に入り、バイロンさんおすすめの宿へ向かう。

町の中にはたくさんお店があり、ついついお上りさんのようにきょろきょろしてしまう。

「こーら。ネロよりもテルーの方が迷子になりそうよ」

イヴが私の手を掴んで気付いた。

いつの間にかバイロンさんもアイリーンもずっと前にいる。

「すみませんっ！　珍しくって」

小走りでみんなに追いつく。イヴはきょろきょろしていた私がはぐれないように後ろからそっと見守っていてくれたらしい。

恥ずかしい。

バイロンさんおすすめの宿は、中心部から一本入ったところにあった。

一本入るだけで喧騒が落ち着き、過ごしやすそうな宿だった。

ちょうど部屋も空いているということで、ここで宿をとり、各々荷物を置きに行くことにした。

部屋に入る。イヴとアイリーンと3人一緒だ。私たちは、荷ほどきもせずに、ベッドに直行する。

はぁ、やっぱりベッドって最高だ。カラヴィン山脈ではずっと野営だったし、クラティエ帝国に入ってからも、ずっと馬車だったのでお尻が痛かったのだ。

柔らかいベッド……。気持ちいい。

「ずっと寝ていたいけど、ご飯も食べに行かないとね。きっとバイロンさんも待っているだろうし」

そう言うアイリーンの言葉で、ようやく体を起こす。

バイロンさんと合流して訪れたのは、バイロンさんが美味しいというレストランだ。

木の看板の代わりに使いこまれたフライパンが掲げられたその店は、もう何十年もそこで地元の味を出し続けているというレストランだった。

昼時で客は多いものの、席と席が程よく距離が空いているため、落ち着いて食べられる。

いいお店だ。

給仕の女性が来て、私たちに問いかける。おそらく、何を注文するか、もしくはおすすめメニューでも教えてくれているのだろうが……。

『今日の☆♪○￥×#@？』

速い。速すぎる。『今日の』以外全く聞き取れない！

1週間みっちり勉強してきたけれど、当たり前だが全く歯が立たない。

女性が去って、アイリーンに向き直る。

「アイリーン！　お願いします。さっきのもう一度ゆっくり発音してください～」

アイリーンが何度かゆっくり話してくれて、バイロンさんが途中で私がわかっていなそうな単語の意味を教えてくれて、イヴが「惜しい！」「もうちょっと！」などと私が訳した内容に反応してくれて。

3人の協力を得て、ようやくわかった。彼女は今日のおすすめのメニューを伝えてくれていたのだ。今日のおすすめの品を聞くだけでこれだけの苦戦……。

はぁ。全くダメだ……。早くナリス語覚えなきゃ。

仕方ない。次はメニューを読んでみよう。


『1．鶏、焼く、トマト、チーズ、じゃがいも』

『2．へび？　きのこ、熱い』


「え？　へび？　熱いってなに？」

わからなすぎて、自然と言葉が出ていた。

その言葉にバイロンさんがメニューを覗き込み、ちょっと笑う。

「へび？　どこに書いてある？　あぁ！　これはスパゲティだよ。確かに綴りが似ているね。きのこの辛みソースがかかっているんだって」

ちなみにきのこの辛みソーススパゲティ以外のメニューも半分以上がどんな料理か全くわからなかったが、多くのメニューに『ミルク』『チーズ』と言った単語が並んでいたことだけは分かった。

聞き取りに続き、読み取りも惨敗だ。

まだ覚えた単語の数が少ないから仕方ないが、言語の壁……高い。

逃げる必要のない自由で楽しいはずのクラティエ帝国で、ちょっぴりホームシックになった私は、その夜他愛ない話からテルミス商会のプリンと靴の事業について、マリウス兄様宛ての手紙に書き記した。ナリス語が難しいという弱音も最後に少しだけ吐露してしまった。

優しい兄様はすぐさま励ましの返事をくれたのだが、その大半が最後に少しだけ書いた弱音に対するものだったところを見ると、私がホームシックになっていることに兄様は気づいたのかもしれない。

『テルミスへ
ゴラーだって最初は勉強嫌いの放蕩息子だっただろ？

それでも必要に駆られて、興味を惹かれて、がむしゃらに学びあんな立派な人になったんだ。

人はやる気になったら力を発揮できるもの。

テルミスだって、ナリス語を憶えないと今後の暮らしが大変になるわけだから、難しくてもきっと覚えられるようになるよ。

ナリス語が話せたらどんなことができるか、楽しいことを考えて頑張ってごらん。

大丈夫。テルミスならきっと大丈夫。

そうだ。僕も一緒にナリス語を勉強しよう。いつでもテルミスに会いに行けるように。

どっちが先に話せるようになるか競争だな。マリウス』

何と一緒に勉強までしてくれるという。

それに、兄様の言う通りだ。ゴラーも最初は何も勉強してなかった。

それでも冒険するのには強くなければと毎日必死に剣を振り、古代魔術に興味を持てばあらゆる書物を読み、見たこともない草を見つけたら観察したり、食べたり、書物を読んだりして、薬を作ったのだった。

確かに人は自分の興味の湧くことには頑張れるのかもしれない。

私の興味のあること……といったら、今のところはやっぱり本だ。

よし！　ナリス語を早く覚えて、もっとたくさんの本を読めるようになるぞ。

マリウス兄様の手紙で弱気だった気持ちが少し上向いた。

ナリス語の勉強もやる気が出てきたところで、兄様の手紙を裏返す。

裏は、テルミス商会について母様からの返信だった。

ギルドで残高確認をした時、お金が増えていたので、オーナー変更できていないと思うと指摘していたのだ。手紙を読むと、母様はオーナーを変えるつもりはないという。せっかくなのでクラティエ帝国に支店を広げようと思っているらしい。

サリーとルカも「お嬢様の専属ですから！」とクラティエ帝国に行く気満々なんだとか。

うそ。泣きそう……。

サリーとルカにはトリフォニア王国で二人の代わりができる人材を育ててから来るように伝えておく。あと、本当は今すぐにでも来て欲しいけど、専属だからといって無理しなくていいよとも。

それでもサリーたちが来てくれる前提で暮らそうと思う。

だって、そう思う方が頑張れる。いや、頑張ろう！

ライブラリアン
2
本が読めるだけのスキルは無能ですか!?
南の月
ill. HIROKAZU
初回版限定
封入
購入者特典
特別書き下ろし。
ゴラーはすごい奴
※『ライブラリアン②　本が読めるだけのスキルは無能ですか!?』
をお読みになったあとにご覧ください。
EARTH STAR
LUNA

「ロイ！　そっちに岩飛ばすぞ」

今、俺とゴラーは砦を作るために岩を切り出している。

ゴラーはすごい奴だなと適当に返事をしながら思う。

ゴラーは俺と最初に出会ったときには魔法なんて使えなかったくせに、1年後に戻ってきた時にはすっかり魔法を使えるようになっていた。それで、親父の病気も治し、こうして俺と砦を作るための岩を切り出したりもしている。

すごいっていうのは、魔法を使えるようになっていたからだけじゃない。

村のだれも知らない薬草のことも知っているし、各地を転々としているから物知りだ。もちろん強さも半端ない。

ゴラーは着ている服もなんだかかっこいい。ゴラーが言うには安物らしいけれど、村にはない洒落た服だ。

ゴラーは時々どこかの町の話をした。

お城がどれだけ大きいとか祭りで見られる劇の話。酒場ではよく乱闘があることも。

ゴラーの話はどんな些細なことだって、俺を知らない世界に連れて行ってくれた。

自分の村にはない町のあれやこれやをさも当たり前に話すゴラーは、なんだかすごい奴に思えた。こんな何もない村にいる俺とは全く違うすごい奴に。

ゴラーに会うまでは、親父や村の爺さんたちみたいに狩りをして、畑で芋を育てる暮らしが続くんだろうと思っていた。だけど、今は本当にそんなんでいいのかと思ってしまう。もっと有意義な何かを成し遂げるべきなんじゃないだろうか。

そう考え始めると、止まらなかった。俺はゴラーの話が楽しい一方で、話を聞けば聞くほど胸がざわざわと騒いだ。

ある日、ゴラーに聞いてみた。

「ゴラー。俺、このままでいいのかな」

「あ？　どうした。急に」

急に話しかけたせいかゴラーは怪訝な顔をしている。

「ゴラーはすげぇよな。いろんなところに行って、いろんなことを見てさ。何でも知っているし、何でも一人でできる。それに比べて俺はさ……何にもない。ここで、こうしてずっと同じ毎日が続くだけ」

言葉に出すとますます実感がわいてくる。そうだ。こんな何もないところで何ができるっていうんだ。俺も村を出ればなれるだろうか。ゴラーみたいにすごい奴に。

そこまで考えていたところでゴラーが思いもかけない言葉を発した。

「あぁ？　俺よりお前の親父の方が物知りだろ」

親父？　親父なんてどこにも行ったことない。ただ狩りをして畑を耕すだけの日々だ。

「知っていたか？　子供って眠くなると足の裏が温かくなるらしいぞ」

は？　なんだそれ。

「あ、あと爺さん婆さんを立ち上がらせてやる時は、腰ベルトを引き上げてやると楽に立てるんだ。ありゃ、本当にすごい知恵だよな」

「ゴラー。そんなの当たり前じゃん」

ゴラーは親父に聞いて初めて知ったらしいが、そんなこと俺だって知っている。爺さんたちは転ぶとしばらくの間、立つのが厳しくなるからな。

「いや、わかってねぇな。ロイ。お前が当たり前だと思っている知識は、この村の暮らしがあるからこその知識だ。俺もお前も、誰にでも平等に時間は通り過ぎている。だから、俺みたいに旅をすることに時間を使えば、今お前が当たり前に持っている知識は手に入らない。何もかも手に入れることなんてできねぇんだよ」

そういうゴラーは何故かちょっと寂しそうだった。

「じゃあどうすればすごくなれるんだよ」

「さぁな」

ゴラーは空を見上げながら、たっぷり沈黙した後口を開いた。

「俺には、何がすげぇとか、どうするのが正解かとかわからねぇ。だが、何が自分を作るかは知っているつもりだ。ロイ、今日お前は何でその服を選んだ？」

「は？　母さんが出してくれたものを着ただけだ」

ゴラーは肩をすくめて続ける。

「つまり、お前は人が選んだものを着るという選択をしたんだな。別にそれが悪いってわけじゃない。ただそういう選択の積み重ねが今のお前っていうだけだ」

選択の積み重ねが俺？

ゴラーが言うには、選ぶということは自分にとって大事なことを決めることらしい。

「でも、服なんて俺を作る重要な選択だとは思えないけれど。もっと村を出るかどうかとか大きな選択さえできればいいんだろ？」

「馬鹿だな。小さい選択もできないのに、重要な選択なんてできるわけがないだろ。人の選んだものを選ぶお前は、人の大事なものは分かっても、自分にとって大事なものが分からねぇ。選ばないとわからないんだ。自分っていうのはな」

ゴラーの言葉が心を突き刺し、その日の夜はなかなか寝付けなかった。


翌朝母さんが出してくれた服の前でしばし悩む。

悩んだ末に上の服を別のものに変えた。

まずは一つ。決めてみた。

ただ自分で服を選んだだけだが、なんとなく気分が良い。

それから毎日意識的に何かを選んできた。服だけじゃない。どこに狩りに行くのか、いつ寝るのか、食事は芋から食べるかスープから食べるかまで。

しばらくそんなことを続けると、俺は昔の夢を思い出した。

俺は世界を股にかけるすごい奴じゃなくて、村のみんなを守る親父みたいな人になりたかったんだ。

だが、なんとなく病でやせ細った親父を見ながら思う。それだけじゃだめだ。みんなを魔物から守っても、病気になったらどうしようもない……。

俺は、守りたい。親父を、家族を、村の皆を。魔物からも、病気からも。

自分の大事なもの、すべきことが見えた気がした。

翌日。朝ごはんは宿の食堂で食べる。

宿屋の女将さんは私がナリス語の勉強をしていることを知ってか知らずか、私にはすごくゆっくり話しかけてくれる。

「熱いチーズと冷たいチーズどっちが良い？」

え？

ゆっくり話してくれたし、簡単な単語だけの単純な文章だったので、ちゃんと聞き取れたと思う。

それでも熱いチーズと冷たいチーズってどういうこと？　聞き取れたし、単語の意味だって分かる。でも聞いている意図がわからない。

「バイロンさん、熱いチーズと冷たいチーズってなに？」

バイロンさんが説明してくれるには、この町は酪農の町と言うだけあって、料理もミルクやチーズを使ったものが多く、朝食のパンもチーズをつけて食べるのが一般的なのだそうだ。

熱いチーズと言うのは、すなわちパンにチーズをのせて焼いたもの。たっぷりチーズがとろーっと溶けてバイロンさんは好きだという。

うわぁ！　美味しそう。

「冷たいチーズはね……。なんて言ったらいいのかな。ミルクの上に溜まる濃厚なミルクがあるだろう？　ちょっともったりしているの。濃厚ミルクとミルクを合わせて火にかけ、温まったところにレモンのしぼり汁を入れることでできるんだ。普通のチーズと違って何年も熟成されていないから柔らかく、レモンも入っているからちょっと爽やかなチーズさ」

もしかしてクリームチーズ!?

「簡単にできるから、ここら辺では購入するのではなく、自分の家で作っている人も多いのですよ」

チーズを手作り。すごいなぁ。

最終的に女将さんが冷たいチーズには蜂蜜をかけると美味しいと言ったことから、私とアイリーンは冷たいチーズ、バイロンさんとイヴは熱いチーズを選択した。

たっぷり塗ったクリームチーズ、その上から黄金の蜂蜜をかけたパンは言いようもなく美味しかった。チーズのコクに甘い蜂蜜。美味しすぎた。

プリンと一緒にお菓子として売ってもいいのではないかと思ったくらいだ。


朝食の後はバイロンさんおすすめのチーズ屋へ。

「ぼくのおすすめはこれだよ。水牛のミルクでできた水牛チーズ。乾燥させたチーズではないからここでしか食べられないのも魅力だね」

これ! モッツァレラチーズ!!

モッツァレラチーズもあった。クリームチーズもあった。

これでカプレーゼ作れる! チーズケーキも作れる!

そうかハードチーズしかないと思っていたら、生だからだったんだ。

移動手段が馬車だから輸送中に腐るような物は他の都市では売れないものね。

ちなみにバイロンさんが馬車で帝都に持って帰りたいと言っていたのはこのモッツァレラチーズだったようで、日ごろのお礼に私のポシェットに入れてあげることにした。

大層喜んで、10個買い込んでいた。

私も今朝食べたクリームチーズもモッツァレラチーズも、ヨーグルトも美味しかったので、たくさん買う。

まだ買っただけだけど、なんだかすごく幸せだ。

チーズ屋の後には雑貨屋にも来た。旅で必要なあれこれを買い足すためだ。

皆思い思いに店内を物色する。私は、迷うことなく白サルヴィアの葉を手に取った。

入国の時の魔物の大群でせっかく買った白サルヴィアの葉を使い切っていたからだ。

変な声は聞こえたけれど、いつもの結界より魔力消費は少なかった。

だからこそあれだけ長い時間、いつもより大きな結界を維持できたのだ。

やっぱり聖魔法は付与魔法だったんだと実感する。

白サルヴィアを持って店内を歩いていると赤い首輪を見つけた。

「あ、これ。可愛い」

きっとネロにピッタリだ。

お金を払った後、雑貨屋の外でお利口に待っているネロに首輪をつける。

「うん。可愛い。私は赤いバッグ、ネロは赤い首輪。なんだかお揃いだね！」

ネロはニャーと鳴いて、一回りする。心なしか嬉しそうだ。

必要なものを買い終えた私たちは、最後に昼ご飯にチーズをたっぷり使ったじゃがいものグラタンを食べてこの町をあとにした。


今は馬車の中。

チーズが名産のサルテスの町を離れて、一つの小さな村を通り過ぎたところ。

「『1、2、3、4、5……12、13、14……38、39、40、41……86、87……98、99、100！』バイロンさんどうでした？」

「ばっちりだよ！　よく覚えたね。じゃあ次は1000と1万はナリス語でなんでしょう？」

『1000と1万！』

「完璧じゃないか。じゃあ次は曜日と月を覚えようか」

「はい！」

3人による集中特訓のおかげで数も数えられるようになったし、よく使う野菜の名前も覚えた。簡単な自己紹介もできるようになったし、発音も時たま間違うけれど、だいぶわかるようになってきた。

まだ全くネイティブの話は聞き取れないし、文章を話せないのがネックだけど一歩ずつ前進している。

馬車を停め、食事の準備をしているとバイロンさんが話し出す。

「前の村で聞いたんですが、この近くに鍾乳洞があるらしいですよ。もし急ぎの旅でなかったら、行ってみます？　テルーちゃんも毎日ナリス語頑張っているし、息抜きにでもね」

私たちの旅は急ぐ旅ではないし、ここがまだトリフォニア王国だったなら危険を避けるためにも寄り道せず真っすぐ帝都へ向かうべきだが、今はもうクラティエ帝国に入っている。

私のスキルを狙ってくる人もいないし、アイリーンを殺そうと追ってくる騎士もいない。

私たちは二つ返事で鍾乳洞へ行くことにした。

食事を食べ終え、村の人から聞いた道を探す。しばらくして、今は誰も使っていなそうな小さな小道を見つけ、そこから山の方へ進む。

20分ほど進んでやっと鍾乳洞の入り口についた。

「本当にありましたね。入ってみましょうか」

一歩足を踏み入れた途端、周囲が暗くなり、体感温度が一気に下がる。

「さ、さむい！」

今日はローブを羽織っていなかったので、急いでポシェットから空調の魔法陣を付与したローブを取り出す。

入る前は、植物もそれなりにあったが、鍾乳洞内は何一つない。

たった一歩でまるで別世界だ。

ローブを着込んだところで、いざ中へ。

入り口こそ広かったが、数分歩けば狭い通路になった。かろうじて二人歩けるだろうかというくらいの狭さなので、イヴとバイロンさんが先に行き、私とアイリーンが後ろからついて行く形になった。

鍾乳洞のなかは光が一切入らないため、火球を浮かして、灯りをとる。

少し上の方から照らせば、少し先と私たちの足元も照らしてくれる。

「攻撃に使わない火球とは。こんな使い方ができるなんて知らなかったよ」

バイロンさんはそう言った。

「そうよね。魔法は本当に使い方次第なのだとテルーと旅して初めて知ったわ」

私もアイリーンの言葉に大きく頷く。この旅ではたくさん魔法の使い道を見つけた。

風魔法は果実の収穫に、地魔法は草抜きに、水魔法は魚釣りに、そして火魔法は灯りに。

魔法の利用価値は戦いだけではない。

アイリーンも砦村の村長さんも『魔法には人を殺す力がある』と言っていた。確かにそうだ。

それでも私は、魔法っていいなと思う。

戦いよりずっとずっと楽しい暮らしに使えるはずなのだ。魔法は。

包丁だって、火だって、ただの紐ですら殺そうと思えば人を殺す力がある。でもそれら全てを遠ざけることなんてできない。

それはもう暮らしになくてはならない道具だからだ。

魔法も……戦いを使用用途に定め、攻撃力を磨いていくのではなく、危ないとむやみやたらに遠ざけるのでもなく、日々の暮らしに役立つ使い方を教えていく……そんな方法がとれればいいなと思う。

そう思えば、こんなに使い道があるのに戦いに使えるかどうかでしかスキルを評価しないトリフォニア王国の考え方はずいぶん偏ったものだったと気づく。

ザザザーと水が流れ落ちる音が聞こえたので、音を頼りに進んでいく。ふと上を見れば、左右の壁は上に行くほど狭まっていくが、その天井はかなり高い。火球（ファイアーボール）の灯りでは天井まで見えないほどだ。

まるで逆さにした渓谷。

この逆さの谷の底はどれだけ高いところにあるのだろうと上を見ながら歩いていると、イヴから注意が飛ぶ。

「テルー、あんまり上ばかり見ていると滑るわよ～」

確かに鍾乳洞内はお世辞にも歩きやすいとは言えない。

狭い上に段差が多く、時には子供の私には登るのも一苦労な大きな石に登ったりしなければならない。さらに危ないのは、どこもかしこも濡れていて滑りやすいことだ。

運動音痴の私なんかはすぐにこける気がする。イヴの言う通り気をつけねば。

「ここから少し登るみたいよ。急だから気をつけて」

そう言ってイヴが先に登っていく。どうやらそこはかなり狭まった道のようでイヴを先頭に一人ずつ通り抜ける。私の番になり、まじまじと道を見ると思っていた以上に急な坂道だった。あまりの角度に登る時の姿勢は、超前傾姿勢だ。ようやく坂の頂上が見え、先に登っていたイヴとバイロンさんが引き上げてくれる。

「わぁ！」

目の前の光景に思わず声が出る。

さっきより少し低い天井からはつららのようなものがいくつも降りてきており、足元は大小さまざまな石柱が立っている。

何より驚いたのは、花が咲いていたことだ。花びらも葉もすべて真っ白な植物が、あたり一面に咲き誇っている。

そして石柱群を通り抜けた先に滝があり、その周囲は特に多くの花が咲いていた。

こんな地中に滝があるのが面白くて、こんな日の当たらない場所に咲く花が不思議で、ぼーっと滝を眺めていると、いつの間にかバイロンさんが隣に来て説明してくれる。

「ここの景色は、雨水が地中にしみこみ、長い時をかけて土を溶かしてできた自然の神秘です。だからこそ、ここを教えてくれた近隣の村では昔、この水は普通の水と違う。力のある水なのだと、聖なる水なのだと言っていたそうですよ。なんでも一口飲めばどんな病も治す水なのだと」

「どんな病も!?　そんなものが本当にあるのですか？」

目を丸くして問いかけると、バイロンさんは首を横に振った。

「いえいえ、迷信ですよ。確かにこの景色が長い年月かけて自然と作られたことには驚きますが、さすがにそんな効果はなく、今となってはここに来る人もいないそうです」

さすがに一口でどんな病でも治る水なんてないか。

でも、なぜ村の人は聖水だと思ったのだろうか。

もしかしてこの花に薬効があるのだろうか？　不思議に思った私は一つ手折ろうと思い気が付いた。

火球（ファイアーボール）に近い花の元気がないのだ。

アイリーンも上まで登ってきたことを確認して、火球（ファイアーボール）を少し小さくする。

なんて不思議な花だろう。

こんな地中で育っているのも不思議だし、花だけでなく、茎も葉もすべて白いのも不思議だ。

「不思議だね。村の人たちは花のことなど話してなかった。おそらく、ここのことは誰も知らないんじゃないだろうか」

「え？」

「この急な坂の手前には岩がたくさんあったから、ここは最近までふさがっていた空間なのかもと思ったんだ」

たしかに、ここに登る直前には大きな岩がゴロゴロあったから、あれが崩れたとも考えられる。

私たちは滝の音が聞こえたから、昔の人は聖水を求めて滝まで来たと思っていたけれど、ここに来る途中に泉のように地下水がたまった場所もあったからそれを聖水だと言っていたのかもしれない。

どちらにせよ、この花を知る人はいないのか。

後で『植物大全』に載っていないか見てみよう。あーでも、そんなことより今はナリス語を勉強しないといけないんだよな……。サクッと調べるだけだから別にこんな罪悪感は抱かなくていいのだけど、私はついつい読みこんじゃうからな。特に今ナリス語がうまくいっていないから余計に他の本に逃げそうだ。

少しは話せるようになってきたとは思うけれど、ゆっくり話してもらわないとまだ全然聞き取れないし……まだまだだ。

もっと勉強して早く話せるようにならないと。

そんなことを考えていたら、アイリーンが近くの花を一つ取り近づいてきた。

どうしたのだろう？　と思っているとすっと私の髪にさし、にっこり笑う。

「やっぱり。テルーに似合うと思った」

ニコッと笑ったアイリーンは、そのまま私の頬をムニとつまむ。

「急にクラティエ帝国に来ることになって、言語とか習慣とか慣れなければいけないことはたくさんあると思うけど、最近テルーは頑張りすぎ。せっかくバイロンさんが息抜きに連れてきてくれたんだから、今日は難しいこと考えず、楽しもう」

早くナリス語を覚えなければと最近焦っていたの……みんな気づいていたんだ。

「うん。ありがとう」

ムニとつままれた頬をほぐしながら、ずいぶん力が入っていたようだと気づいた。

そういえば、鍾乳洞に入ってからはみんなトリフォニア語で話してくれている。気を遣わせちゃったな。

ひとしきり、滝や花を堪能し、またもと来た道を戻る。

急な坂を上ってきたのだから、もちろん帰りは急な下り坂だ。

「テルー。滑らないように慎重にね」

イヴもアイリーンも私が降りるときは細心の注意を払っている。確かに、私は運動神経ないからなぁ。忠告に従って、転げ落ちないよう慎重に、慎重に、慎重すぎるくらい慎重に降りた。

そして、やっと地上に出た時。

「あ、花が……」

私の頭にさしてあったあの白い花は、キラキラと煌めきながら、消えていった。

なんて……不思議な花。

その後、『植物大全』を探してみたけれど、いつも力になってくれる『植物大全』にもあの花は載っていなかった。あれは一体何の花なのだろうか。

✴

さらに二つの小さな村に一つの中規模の町を通り過ぎた。

もうすぐ帝都が見えてくるはずだ。

長かった旅ももうすぐ終わる。

帝都に着いたらみんなはどうするんだろう？

すごく気になっているけれど、なかなか聞くことができない。

逃亡の旅だったけれど、イヴとアイリーンがいてくれたから楽しかった。

別れたくはないなぁ。

帝都に着いたのは夕方だった。バイロンさんが以前言っていた通り、帝都はびっくりするほど大きくて、びっくりするほど人に溢れていた。サルテスより圧倒的に大きく、栄えているが、サルテスの時のようにきょろきょろとあたりを見回す元気はない。

イヴとアイリーンとお別れなのかどうなのかが気になって、それどころではないのだ。

バイロンさんは帝都のおすすめ宿まで送ってくれた。

至れり尽くせりでありがたい。

バイロンさんは「またどこかで会いましょう！　何か困ったことがあったらここに来てくれれば会えますので！」と住所を書いた紙を渡して、去って行った。

家に帰るのだろう。

またね。バイロンさん。


翌日はとりあえずアイリーンのドレスを売りに行く。売ったら、昼食を食べて、父様が手紙を書いてくれたという知人の家に行く予定だ。

ドレスをもっていった大通りのドレスショップの店員は「なんて素敵な！」と感激しっぱなしで、アイリーンも少し嬉しそうだった。

売ったお金でアイリーンはシンプルなワンピースを買った。街中で着られるような普通のワンピースなのだが、最安の冒険者服からワンピース姿になったアイリーンはやはり姫かと思うほど綺麗だ。ドレスを着ているわけでもないのに、すごい。

これが気品と言うやつなのだろうか。

昼食は、宿の人が有名だと言っていたカフェに来た。少し早めに来たので、待たずに中に入れたが、私たちがメニューを選んでいる間にもどんどん人がやってきて、入りきれず並んでいる人も出始めた。

本当に有名なお店みたい。

頼んだのは本日のランチだったが、大きめのお皿に細かく刻んだ野菜の入ったオムレツ、腸詰めのソテーに、サラダ。パンにはニンニクとトマトが薄く塗り込んであり、その上からフレッシュなハーブがパラパラとかかっている。

品数もそうだが、盛り付けも見た目を考えられていてとても気分が上がる。

まずはオムレツ。ニンジンや玉ねぎ、ブロッコリーの入ったオムレツは見た目もカラフルで、可愛い。ナイフで一口大に切って口へ運ぶ。

ん～美味しい！　ふんわりして、野菜の甘みも感じる。

トマトとニンニクを塗り込んだというパンもすごくおいしかった。これがメインかと思うくらいだ。

あっと言う間に食べ終えると、食後に紅茶も出してくれる。

「ふふふ……」

「どうしたの？　テルー」

「いえ、ちょっと前まで枝に刺さったお肉にかぶりついていたのになと考えると、ちょっと面白くて」

そう言うとイヴとアイリーンも笑い出す。

ビジャソルンで行ったお店はお酒も提供していたから、レストランだけどちょっと酒場みたいな雰囲気だった。ラキシェンカやサルテスの町のレストランも一品料理が多く、平民が利用するカジュアルな店だった。

今日来たこのお店は、久しぶりにマナーを意識して食べるようなお店だったのだ。

久しぶりだったけれど、一度身についたマナーは案外忘れないものなのね。


食後は父様の知り合いの家へ向かう。

住所を頼りに進むと、そこには小さな一軒家があった。

イヴが戸をノックすると中からふくよかな中年の女性が出てきた。

「ご無沙汰しております。イヴリンです」

「まぁ。お久しぶりです。お変わりない？　どうぞ、どうぞ、お入りになって。もうすぐ主人も帰ってきますから。皆さんを見たらきっと喜びます」

あれ？　イヴの知り合い？

そういえば私、父様が手紙を書いたってことだけしか知らない。

どんな知り合いなんだろう？

挨拶をして、中に入る。女性はサンドラさんというらしい。

玄関を入ってすぐ右側の部屋に通される。

そこはダイニングルームだった。

ちょっと待っていて下さいねとサンドラさんは下がり、紅茶とクッキーを持ってきてくれた。

「イヴリンさん。貴女とは5年ぶりですね。最近あの子とは会いましたか？」

「えぇ。クラティエ帝国に向けて出発する前はほぼ毎日会いましたよ」

え？　誰のこと？

出発前イヴはずっとうちにいたはずなんだけど……？

「もうこっちに帰ってきても大丈夫になったというのに……。もう帰ってこないつもりなのでしょうか」

「そう思っていたかもしれませんね。でも、もしかすると……近いうちに帰ってくるかもしれませんよ」

イヴがちらっとこちらを見た。

サンドラさんも合わせてちらりとこちらを見て、「まぁ」とこぼした。

ん？

「なら、期待して待ってみましょうかね。テルーちゃん、アイリーンさん。ようこそクラティエ帝国へ。とても疲れたでしょう？　よかったら今日は夕飯食べていってね。ちなみにこれからどうするか決まっているの？　決まっていないなら、狭いけど我が家にいてくださっていいですからね」

「ありがとうございます。正直クラティエ帝国は初めてでまだ右も左も分かりませんから、住む家を見つけるまでお世話にならせていただきたいです」

ずっとホテル暮らしというわけにはいかないし、家を借りると言っても、どうやっていいか皆目わからない。そもそもそんな高度な交渉まだナリス語でできないしね。

当然のように私たちに合わせてトリフォニア王国の言葉で話してくれるサンドラさんにいろいろこの国のことを教えてもらえたら心強い。

「もちろんですよ。アイリーンさんもしばらくうちにいますか？」

「とてもありがたいお言葉なのですが、私も宜しいのでしょうか」

「ええ！　大歓迎ですよ！　私は息子しかいませんでしたからね。若いお嬢さんが泊まってくれたら束の間娘を持った気分になりますよ！」

「ありがとうございます！」

やったー！　とりあえずしばらくアイリーンとは一緒だ。

イヴはどうするのかな？

「イヴリンさんは……またすぐ行くのかい？」

「はい。明日にはまた出発したいと思います」

明日!?　早すぎる！　これは完全に想定外だ。

「そうかい……いつも忙しないねぇ。それでも今日は是非泊まっていってくださいね！」

イヴはいなくなっちゃうんだ……。

一度チェックアウトしにホテルに戻る。

「イヴ……行っちゃうんですか？」

あぁ！　これじゃ行くなって言っているみたい。

イヴは帝都までの護衛として来てくれていて、もう帝都には着いたんだからどこへ行こうとも彼女の自由なのに。

「うん。ごめんね、テルー。私は探しているものがあるの。それを見つけるまでは旅はやめられない。本当はもっといたいけどね……。このタイミングで出発しないと決心が鈍っちゃうから。だから、ごめん。行くね」

「探し……もの？」

イヴは片膝をついて手を握ってくれる。

「うん。テルーは私が以前、半島の南側に竜の住む無人島があるって話したの憶えてない？」

もちろん覚えている。テレビもインターネットもない、演劇なんてものもないドレイト領でイヴの話はとても面白くて、毎日のようにイヴを囲んで話をせがむのが家族の習慣になっていた。

その時に話していたカラヴィン山脈にある虹の渓谷の話も、後に読んだカイルの『カラヴィン山脈縦断記』に載っていて、すごく興味を引かれた。

竜が住む島についての本は、まだ一つも見つけたことがないけれどイヴが言うのだから、漠然と

どこかにそんな島があるのだろうと思っていた。

「実はね。私自身はその島に行ったことがないの。でも、昔約束したことがあって、それを果たすためにはその島に行かなければならない。私はその島の入り口を探すために冒険者になったようなものなの。私には大事なことなの」

そのために冒険者になった……かぁ。それほど大事な約束なのだから、私も応援しなければならない。寂しいけれど、一緒にいて欲しいと駄々こねてはダメだ。

「うっうっ。はい。気をつけて。寂しいけど……応援しています。文箱（メッセージボックス）作ります。手紙を送っても……いい？」

イヴは目を見開いた。

「ありがとう。嬉しい」

チェックアウトして、街でイヴにあげる文箱（メッセージボックス）用の箱とワイン、私用の葡萄ジュース、そしてバジルとトマトを買ってサンドラさんの家へ。

ご主人のアドルフさんも戻ってきていた。

「やぁー。久しぶりに家が華やぐねぇ〜。息子も仕事が忙しいって言って週末くらいしか帰ってきやしない。帰ってきても飯食って寝て、翌朝すぐ出勤しちまうしな。こんなに家に活気があるのは久しぶりだ！　今日は旅のこと色々聞かせてくれ」

「お世話になります。これワインとジュースです。良かったらどうぞ。あとキッチンお借りしていいでしょうか？　旅の途中にチーズが有名なサルテスの町に寄ったのですが、そこで美味しいチーズを買ってきたので、今日の宴のつまみにでもと」

「あぁ。ありがとう。それは楽しみだ。おーいサンドラ！　お土産をもらったよ。あとチーズの料理を1品作ってくれるそうだ」

「まぁまぁ。ご丁寧にありがとうございます。グラス持って行くので、いただいたワインを飲んで待っていてくださいな。テルーちゃん！　キッチンはこっちよ」

トマトとモッツァレラチーズを切って、トマト、チーズ、バジルと交互に挟む。

その後オイルをたっぷりかけて塩と胡椒で出来上がりだ。

簡単だけど、フレッシュチーズは帝都でほとんど出回らないって言っていたから喜んでもらえるのではないかな？

「まぁ。綺麗ね！　テルーちゃん8歳でしょう？　随分お料理上手なのねー。包丁持つ手が手慣れているわ」

「ふふふ。旅の間は私が料理番だったんですよ」

その日の夕飯は本当に楽しかった。

料理を持ってダイニングに行けばもうすでにほろ酔いのイヴとアドルフさんがいて、アイリーンも終始ずっと笑顔だった。

食事を始めると自然と旅の話になって、旅の初日干し肉ばかり食べていたことやナランハを収穫したこと、旅の間のご飯のことやウォービーズに襲われたことなど話は全然つきなかった。

そして夜になり、部屋に案内してもらう。

この小さな3階建の家は1階に台所とダイニング、浴室があり、2階は息子さんとサンドラさん、アドルフさん夫婦の部屋、3階に小さめの部屋が三つあり、そこを今回貸してもらえることになった。

部屋にはベッドと小さなクローゼットがある。

軽く酔っ払っているイヴとアイリーンは、おやすみと言ってさっさと部屋に入って行った。

私はというと文箱（メッセージボックス）作りだ。

イヴと連絡が取り合えるように眠い体に活を入れて作った。

一度作ったことがあるからか、旅の間聖魔法をたくさん使ったので付与に慣れたのか、以前は三日かかった文箱（メッセージボックス）作りを一晩で完成させることができた。

よかった。間に合った。

翌日イヴは文箱（メッセージボックス）を受け取るとそのまま旅立ってしまった。

またね。イヴ。

イヴが行ってしまったのは寂しいが、私は私で頑張らねば！　と家事手伝いをしつつ、ナリス語を勉強したり、早く町に馴染めるよう町を散策したりする毎日。

そんな平和な毎日が崩れたのは六日後。

突然キラキラの皇子様が突撃してきたのだ。

なぜこうなったのだろう。

時は朝ごはんの時に遡る。

いつものように3人で朝ご飯を用意していたら、昨晩遅くに帰宅したというサンドラさんの息子さんが降りてきた。

アイリーンと私は初めましてなので、挨拶に行く。

息子のニールさんは皇宮で働いているらしい。

私の自己紹介が終わり、アイリーンが名乗ると「アイリーン？　王国から？　金髪碧眼の美女……え！　ちょっと！　ちょっと出て来る！」と慌てて出て行ってしまったのだ。

なんだったのかと思いつつ、3人でご飯を食べ、洗濯や掃除も分担して終え、ナリス語の特訓がてら3人で朝のティータイムを楽しんでいたら、突然ドアが開かれて、キラキラ皇子が入ってきたのだ。

「アイリーン嬢が来ているとは本当か!?」

「まぁまぁ皇子。ノックもなしに入ってくるものではありませんよ」

あ、本当に皇子様だった。

「すまない」

「殿下、一人で先に行かないでくださいよ。はぁっはぁっ」

「仕方ないだろう！　私がどれだけ探していたと……！」

そしてようやく私たち、いやアイリーンに気づくやいなや「アイリーン嬢！　よかった。無事で。

よかった……」と言って、アイリーンを抱きしめた。

それから皇子はよほど嬉しかったのか「アイリーン嬢を保護してくれてありがとう。では」とアイリーンを連れて帰りそうになったので、サンドラさんが諌め、今皇子も含めた5人でティータイムとなっているのだ。

「先程は熱くなってしまって、みっともないところを見せた。私はオスニエル。今日はここにアイリーン嬢がいると聞いて、居ても立っても居られず来てしまった」

「オスニエル殿下。お久しぶりでございます。こちらは私のお友達のテルーです」

「お初にお目にかかります。テルーと申します」

皇子様相手なので、今は平民であるけれどカーテシーで挨拶する。

「初めまして。テルー嬢。オスニエルだ。一応この国の第三皇子だけど、今日はプライベートだからね。マナーは気にしないで。ここにいるメンツは気心知れたものばかりだし。アイリーン嬢の友達ということは王国の方かな？　ずいぶん可愛いお友達だね。どうぞよろしく」

うっ！　速い。聞き取れない！

アイリーンが代わりに少しゆっくり答えてくれる。

「はい。テルーはまだ8歳で、出会ったのは帝国に来る旅の途中のことなのです。テルーはまだナリス語が堪能ではありませんから、私が通訳させていただきますね」

「そうなの？　では今からトリフォニア語で喋ろうか。ここは皆トリフォニア語が話せるからな」

「ご配慮いただきありがとうございます」

アイリーンが頭を下げる。皇子が途中からトリフォニア語で話してくれたので、ナリス語に明るくない私のためにトリフォニア語に切り替えてくれたとわかり、私も急いで頭を下げる。

「気にしないで。今日はマナーを気にせず話してほしいといったのはこちらだし、アイリーン嬢の友達を大事にするのは当たり前さ。さて、アイリーン嬢。ここにいるということは、本当なのだろうが……。婚約破棄され、国外追放になったと聞いたが本当か？」

「えぇ。本当ですわ。お恥ずかしい話です」

アイリーンのことは詳しく話してなかったからサンドラさんが驚きに目を見開いた。

「何があったか聞いてもいいかな？　２ヶ月ほど前、その話を聞き、すぐに君を探したんだ。けれども王国と取引のあるどの港にも君はおらず、レペレンス王国の方へ国外追放されたのかと思い、そちらの国境沿いにも人をやったが見つけられなかった。王国では魔物に襲われて死亡したなんて噂も出ていたし。本当に毎日気が休まらなかったよ」

死亡の噂も出ているうえに全く見つかる気配もなく、絶望しながらもあきらめきれずアイリーンを探していたというオスニエル皇子。

そんな中、今朝ニールさんが家にアイリーン嬢がいたと飛んできて、やっと見つけたということらしい。

皇子殿下は、何度も何度も「よかった……」「本当に、君が生きていてくれてよかった」と言っていたから、よほどアイリーンのことを大事に思っていたのだろう。

それからアイリーンはチャーミントン男爵令嬢が学園に入学してからハリスン殿下がチャーミントン男爵令嬢と共にいるようになったこと、忠言にも全く耳を傾けてくれなくなったこと、そして卒業パーティの時身に覚えのない罪で婚約破棄され、国外追放になり、パーティ会場からそのまま馬車に乗せられたことを話した。

「はぁ？　なんだその罪は？　ごめん。怖がらせて。でも、僕は今かなり怒っている。そんな罪で人を……君を国外追放したことに。王は何も言わなかったのか？」

一言目の「はぁ？」に私はかなりの殺気を感じてびくりとした。怖がらせまいとすぐに態度を軟化させてくれたが、これは本気で怒っている！

「王は不在中でしたから、ハリスン殿下が王都で一番身分が高かったですし、王や私の両親に知らせる間もなくパーティ会場から馬車に押し込まれてしまいましたもの。どうしようもなかったと思いますわ」

「ハリスン……」

低い声でつぶやくオスニエル殿下。またなにやら黒いオーラが出始めた気がしたが、すぐさま持ち直し、アイリーンに続きを促す。

「馬車で数日行くと、馬車から降りるように言われました。数日まともなものを食べてない、ドレス姿で武器もない貴族の娘など恐れることはないと油断したのでしょう。ここで始末するよう命令がでているとご親切にも教えてくれたので、一撃反撃して山の奥へ逃げました。やっぱり5人相手ではきつくて、もうダメかしらと諦めた時に助けてくれたのがテルーなのです」

「殺す？　冤罪だけでも許せないというのに？　数日食べさせてないだと？」

オスニエル殿下の周りは、今や嵐のような黒い雲に、雷雲を轟かせているかのようにピリピリとしている。

静かな口調なのに、怒っているとはっきりわかる。怒鳴られるよりも恐ろしい。

気づいていたけれどオスニエル皇子はアイリーンのことが好きなんだろうな。

「国境越えに時間がかかったのは、馬車ではなく徒歩での山越えでしたし、山越え途中のウォービーズとの戦闘で、私が毒を受けてしまったので、近くの村で療養しなければならなかったからです」

「毒？　文献でしか読んだことはないけど、この時期のウォービーズの毒って5分で死に至るものじゃなかったか？」

「ええ。よくご存じで。本当に危ないところでしたが、イヴとテルーがつきっきりで回復をかけたり、薬を飲ませたりしてくれたおかげで、一命を取り留めました。もうすっかり元気ですわ」

「え？　テルーちゃん？　さっきも思ったのだけど、テルーちゃん魔法使えないんじゃないの？」

そう言ったのはサンドラさん。そういえば、ナリス語の勉強にいっぱいいっぱいで、ここに来てから魔法の練習もしてないいな。

「は？　魔法が使えないはずないだろ。剣の手練れにも見えないし、魔法くらい使わないと騎士を相手になんかできないと思うのだけど」

そう言ったのはニールさんだ。

「あぁ、まだ話していなかったわね。テルーちゃんは、スキル狩りから逃げてきたのよ。だから五大魔法ではないと思っていたの」

「あぁ。スキル狩りか。聞いている。でもテルー嬢は聖魔法使いではないのか？　聖魔法使いは迫害対象じゃないだろ？」

「聖魔法使い？」

こう問いかけたのは私だっただろうか？　それともサンドラさん、ニールさんだっただろうか？　ただ一つ分かるのは、皆の頭に疑問がいっぱいだということ。

「あぁ。報告があった。国境を魔物の群れが襲った際にテルーという冒険者の子供が結界を張り、負傷者の手当てもしていたと。今日ここにきて、君たちの話を聞いて確信した。冒険者のテルーというのは君だよね？　同行者にアイリーンという冒険者もいたし。ウォービーズといい、スタンピードといい、君たちは結構危ない旅をしてきたんだね。はぁぁ〜本当に無事でよかった。君の身に何かあったらと思ったら……はぁぁ。とにかくよかった」

皇子はまた深いため息で、安堵している。

それほどアイリーンの所在がわからず心配していたんだろう。

またオスニエル殿下の言葉にも納得した。第三皇子と言っていたから、スタンピードの話くらい聞いているだろう。その時の話を聞けば、確かに聖魔法使いと思われていても仕方ない。

関所の人も聖女じゃないかと疑っていたしね。

「結界!?」と驚くサンドラさんとニールさんに慌てて弁明する。

「いえ、聖魔法は練習してできるようになっただけで、聖魔法使いではありません。私はライブラリアンですから」

この一言で皆がほとんどすべてを理解したらしい。

スキル狩りから逃げてきたことだけではなく、トリフォニア王国でのライブラリアンの立場もだ。

練習の末とはいえ、スキル以外の魔法が使えることにはかなり驚いていたけれど、皆の疑念は溶けたようだった。

「そうか……。こんな幼いのに。ここクラティエ帝国はトリフォニア王国と違ってスキル至上主義ではないからな。ほとぼりが冷めるまで、帝国にいるといい」

ニールさんが背中を叩きながら慰めてくれた。

「皇子として言わせてくれ。君たちが国境で魔物の群れを倒してくれなかったら、きっとクラティエ帝国の被害は甚大だっただろう。改めて御礼を言う。ありがとう。私にできることがあったらなんでも言ってくれ」

そんな胃の痛くなるようなお茶会の後、皇子は毎日花を持って現れた。

どうしても仕事で来られない時は大きな花束が届いた。

私が予想した通り皇子はアイリーンが大好きなようで、それはもう熱烈なアピールだった。

そして平民となったことを理由に断っていたアイリーンも、既に皇帝陛下からの了承は得ているし、身分もじきに戻ると聞けば、猛反対する理由もなく、ついに皇子の求婚に首を縦に振った。

アイリーンもオスニエル皇子と話す時の顔がとても幸せそうだったから、身分が引っかかっていただけで内心はとても喜んでいたのだろう。

アイリーンにとっても喜ばしい婚約に私も大はしゃぎして喜んでいたのだけど、誤算が一つ。

婚約が正式に結ばれるや否やオスニエル皇子はアイリーンを皇宮に連れ帰ってしまったのだ。

旅を共にしていた二人がいなくなったこの日、初めて本当に旅が終わってしまった気がした。

第五章✴小さな学生

「それでは、行ってきます」

「道は覚えた？　やっぱり私もついて行きましょうか？」

「大丈夫です。サンドラさんご心配ありがとうございます」

数ヶ月前から我が家に身をよせている8歳の少女テルーちゃん。明るく、素直な頑張り屋です。

今日からテルーちゃんはナリス学園初等部に通います。

「あぁ、心配だわ」

テルーちゃんが出ていった扉を見つめながらつぶやくと、息子のニールが言います。

「大丈夫だよ。学園は治安のいい地区にあるし、ここからも近い。お家騒動で狙われていたあいつとは違う」

「そうね」

我が家とドレイト家の縁は8年も前にさかのぼります。

私が当時働いていたヴィルフォード公爵家でお家騒動が起こり、その関係で狙われていた坊ちゃまを我が家は匿っていたのです。

隠れ住む間にもどんどん坊ちゃまを狙う機運は高まります。国にいては坊ちゃまが危ないと判断した私たちは他国に逃げようとしたのですが、その時出会ったのが、テルーちゃんのお祖父様とイヴリンさんでした。

魔物に襲われていた私たちを助けてくださったばかりでなく、いろいろありまして、坊ちゃまの出国後の世話までしていただきました。

今でも時々坊ちゃまから手紙が届きますが、手紙から感じるその楽しげな様子にあの日の出会いは神の采配だったのではと思うことがあります。

そんなことがあるので、我が家にとってドレイト家は大恩のある家なのです。

そんなドレイト家から手紙をもらったのは、1年半ほど前でしょうか。

手紙には、トリフォニア王国でスキル狩りと称する誘拐事件が増えていること、五大魔法ではないドレイト男爵の娘さんが被害にあうかもしれないことが書かれていました。


『いざという時は、国から逃がしたいと思っています。

その際は、頼らせていただけないでしょうか』

手紙の最後はそう締めくくられていました。自分の子供を他国へ逃がす。忸怩(じくじ)たる思いだったでしょう。大恩のあるドレイト家からの頼みということもありますが、それだけでなく、故郷から逃げなければならなかった坊ちゃまとも重なって見えてしまい、一も二もなく承諾しました。

その1年後、娘さんがスキル狩りから逃げるためクラティエ帝国に向けて出発した旨が記された手紙を受け取りました。

その手紙は簡潔で、急ぎで書かれたことがわかります。すなわち、娘さんに危険が迫ったのだとすぐにわかりました。

きっと怖い目にもあったのだろうと思いました。それでなくとも住み慣れた故郷、家族と離れ、慣れない異国の土地で暮らさないといけないのです。8歳の少女には辛いことだと思います。

だから私は娘さんがやってきたら、泣き暮らしていたのなら、ずっとそばにいてあげよう、怒っていたのなら、一緒に怒ろうとそう考えていました。

少し時間がかかるかもしれないけれど、心の傷が癒え、前を向いてからいろんなことを教えようとそう考えていたのです。

そしてテルーちゃんがやってきて、私はほっと安堵しました。

彼女の言葉、態度。どれを取っても既に彼女が前を向いて歩いていることがわかったからです。

まだ8歳で、スキル狩りから逃げるため遥々ここクラティエ帝国に来たテルーちゃんは、急に来たこともあり、ナリス語の勉強はクラティエ帝国に入国してからだったそうです。

それでも我が家に来た時、日常でよく見る物の単語は覚えていましたし、簡単な文章なら話すことができました。

テルーちゃんは、イヴリンさんやアイリーン嬢、国境からここまで一緒に旅をした帝都出身の商人の方に教えてもらったからだと言っていましたが、それだけでここまで話せるはずがありません。

どんなに教え方の上手な教師だとしても、受け手にやる気がなければ、聞く気がなければ、どうしようもないのです。

だからここまで話せるようになったのは、テルーちゃんの頑張りに他なりません。テルーちゃんは逃げてくるまで男爵令嬢だったというのに、朝は自分でさっさと身支度し、自分の部屋の掃除をします。布団など大物を洗濯する時は嫌な顔せず手伝ってくれます。

私や主人のアドルフ、息子のニールに話すときは、できる限りナリス語で話すようにしているようです。

それは私たち3人がトリフォニア語を話せると知っていても、です。

どうしてもわからない時はトリフォニア語で話しかけてきますが、必ずナリス語ではどういうのかと質問し、それを忘れぬようメモしているのを私は知っています。

食事やお茶の時だって、ナリス語に明るくないからと沈黙するのではなく、テルーちゃんからいろいろと話題を振ってくれます。

故郷にいるお兄様たちの話や今日読んだ本の話、食べてみたい料理の話……。

テルーちゃんが来てどれだけ我が家が明るくなったでしょう。

料理も作れるテルーちゃんは、夕飯作りを手伝ってくれますが、台所でテルーちゃんと二人並んでいると、娘がいるとこんな感じだったのかと思ってしまうことがあります。

テルーちゃんはドレイト男爵夫妻からお預かりしている大事な娘さんです。それはわかっていますが、私の中では日に日にそれだけでない確かな情が膨らんでいます。

夜、部屋の窓を開け放っていると、風に乗ってテルーちゃんの音読する声が聞こえます。

朝から晩まで一生懸命ナリス語を勉強し、早くこの国に慣れようと必死なテルーちゃん。

こんな小さな体のどこに、こんな強さがあるのでしょうか。

テルーちゃんが初等部に通い始めて、1ヶ月が経ちました。

最近はお友達ができたようです。授業の終わりに算術が苦手なお友達に算術を教えているのだとか。

その代わりにナリス語での会話にも付き合ってもらっているようで、ここ最近はナリス語の上達が目に見えて分かるほどです。

学園の帰りに屋台で買い物をすることもできるようになりました。

テルーちゃんは、初等部でナリス語を学んだ後は、中等部に進むつもりのようです。

今から少しずつ入学試験の勉強をしているのか、最近テルーちゃんが音読しているのはクラティエ帝国の歴史書です。

本当に頑張り屋です。

頑張りすぎて倒れてしまわないか心配な私は、明日はテルーちゃんを買い物に連れ出す予定です。

たまにはご褒美あげたっていいでしょう?

私にとってテルーちゃんはもう娘のようなものなのですから。

✴

「新入生諸君！　入学おめでとう。君たちが入学したこのナリス学園は、歴史と伝統ある我が国一番の教育機関である。ここでは将来君たちが活躍するための智慧や技術を学べるだろう。だがそれを生かせるかどうかは君たち次第だ」

壇上では、さらりとした銀髪を後ろで一つにまとめたイライアス第四皇子が在校生代表としてスピーチをしている。

制服はピシッと乱れなく、姿勢もまるで棒でも入っているかのようにまっすぐで、軽く足を開き、ハキハキしゃべるその姿は、皇子というよりは武人を思わせる。

スピーチの内容もその外見にたがわず、厳しく、熱い。

「厳しいことも言ったが、この学園生活は身分を越えて生涯の友と出会える時期でもある。勉学はもちろん大事だが、友人との交流も大切にしてほしい。3年間という期間は、長いようであっという間だ。卒業を迎えるときに悔いのないよう、学園生活を送ってくれ」

生涯の友か。出会えるだろうか？

私は平民、ここに通うほとんどの人は貴族。生涯の友を得るのは難しそうだなとどこか冷めた想いで熱いスピーチを聞き終えた。

入学式が終わると、クラス発表だ。

中庭に出ると、Cクラスのところに私の名前があった。

クラスは成績順で、一番成績が良いクラスがSクラス、そこからA、B、Cと続く。

つまりCクラスは落ちこぼれクラスだ。

確かに入試の時、わからない単語が沢山あり、落ちたと思っていたので納得だ。

案内に沿ってCクラスに入る。

教室の真ん中でギャーギャーと騒いでいる男子、ど派手なリボンをつけて大声で話している女子、こんな短時間で寝ている人もいるし、同じ制服のはずだが、イライアス皇子と比べると皆どこかだらしない。

教室の隅に一人静かに本を読んでいる女の子がいた。

サラサラとした黒髪で背筋をピンと伸ばしている姿は、ちょっとだらけた雰囲気のあるこの教室の中でよく目立った。

騒いでいる中に溶け込める自信などないし、黒髪黒目の彼女は、前世の記憶のある私にはとても馴染み深く、彼女の隣に座ることにした。

「あの、隣いいですか？」

目を向けられ、一瞬目を見開かれた。

「どうぞ」

それ以来会話などない。

先生が入ってきて、自己紹介が始まった。

「デニスと言います！　実家はローグ商会です。何か入用がありましたらお声がけください！　あ、スキルは火です！」

あの子も平民なんだ。

貴族は皆家名も名乗るので、平民かどうかは一目瞭然だ。

自分の番になり、「テルーです。スキルはライブラリアンです。よろしくお願いします」と自己紹介する。

小さなざわめきが広がる。「ライブラリアン？」「なんだそれ？」「知っているか？」「だいたいいくつだよ？　小さくないか？」なんて声だ。

やっぱりなんか適当に違うスキルを言った方がよかったかな？　と今更ながらに後悔する。

帝国はスキル至上主義ではないと聞いたので、隠さないことにした。

逃げなくていい、隠さなくていい、そのために帝国に来たからだ。

隣の彼女は、「ナオミです。スキルは水。よろしく」と簡潔な紹介をして座る。

私の時と同様にざわめきが広がっていく。

「おい、黒髪だぞ」

「去年併合された海の民じゃないか？」

「あー帝国領の東端の島国な。あんな所からわざわざ来たのか」

……海の民？

その後学園での注意事項などの説明があり、今日はお開きになった。

半日だったけど疲れたな。

こうして今日私は、ナリス学園中等部に入学した。

今日から私が通う中等部は年齢、性別、身分は問わず、入学試験をパスし、学費が払えれば誰でも通える。

ただし、通うのは簡単なことではない。

まず、全日制の学校なのでまぁまぁ学費が高い。それだけで平民にはハードルが高い上、入学試験もある。読み書き、算術はもちろんある程度魔法が使え、ある程度知識も必要だ。

そのため中等部に通う生徒の殆どが自前で家庭教師を雇える貴族だ。

将来国政など重要な地位に立つ可能性が高い貴族は、12歳で入学試験を受けなければならない義務があるのも貴族が多い所以(ゆえん)だ。

年齢は問わないのでもっと年齢が低い子供でも、大人でも通えるのだが、12歳に試験義務があるからかほとんどの生徒が12歳から入学する。

多分貴族ばかりなので将来の伴侶探しも兼ねているからだと思う。

ということは……どういうことか。

平民で、他国出身で、9歳の私にはかなりアウェーな場所ということだ。

そんな周囲の状況には正直戦々恐々としているけれど、トリフォニア王国では学校に通えない可能性が高かったのだから、いいチャンスだと思って頑張ろう。

身分や年齢、言語の習得具合など不安要素はあるものの、今までとは全く違う暮らしが始まる、新たな人生の一歩を踏み出したような気がして、少しワクワクとする自分もいたのだった。

✶冒険家ゴラーの物語

STORY OF ADVENTURER GOLAR

～白竜ウィスパの住まう島～

「この字は地(テイエラ)、これは水(アグア)、火はえっと……フメノ？　くそっ！　違った。フエゴだ、フエゴ」

今俺は、古代語を絶賛勉強中だ。

カラヴィン山脈の山頂付近にある虹の谷からここに飛ばされ、もう2週間ほど経った。

普通はよくわからない場所に飛ばされたら不安があるものなのだろうが、こちとら家無し、金無し、家族無しの根無し草。こういうのにも慣れっこだ。

いや、さすがにどこだかわからない場所に突然飛ばされたことはないが、見慣れぬ土地で過ごすのは慣れている。あっという間にここでの暮らしにも慣れた。


ここに飛ばされたその日は、なぜか何年振りかに読める本が増えていて、それがしかも魔法の本だったもんだから、朝まで魔法の本を読み続けた。

本に載っていた魔法陣の魔法も実践してみると、俺でも魔法が使えることがわかった。どんどん読んで、どんどん訓練して、この魔法をものにしてやる！　と思ったのだが、俺は今どこにいるかも、どんな場所なのかもわからないところにいる。

だから魔法を使いたい気持ちをグッと我慢して、飛ばされたこの地を探索することにした。

古代語が書かれた石の前を拠点にまずは右へ、しばらく歩くと海へ出たので海沿いを歩く。何日か野宿をはさみながら歩いて分かったのは、ここはどうやら島らしいということだ。

島の中心から北にかけては小高い丘があり、南側には例の古代語が書かれた巨大な石。西は大きな葉っぱの木やつる性の植物、見たこともない草などが各種たくさん生い茂っており、そして東はぽっかりと木のない原っぱが広がっていた。

島を一周した後は、島の内部を探索する。もちろん丘も登った。途中までだが。

何故なら、この丘は途中までは緩やかな傾斜なのだが、一番北側は傾斜がかなりきつく、海側は切り立った崖のようになっているからだ。

丘の頂上から見える景色は絶景だろうなと思いつつ、食糧確保や魔法の勉強の方に気を取られ後回しにしているのだ。

あとは、丘のふもとに大きな洞窟を見つけ、今はそこを塒（ねぐら）にしているのも後回しの要因だ。

つまり丘のふもとにいるのだから、行きたいと思えばいつでも行けるという気持ちが後回しに拍車をかけている。

ここは、雨風がしのげるし、地面も平面なので大層居心地がいい。

食料だって問題ない。カラヴィン山脈と違って、木の実や果実があるし、頑張れば魚も取れる。

一つ懸念事項があるとすれば、ここで一人も人間を見ないことだ。無人島なのだろうか。

あ、もう一つあった。どうやったら元の場所に戻れるかも、一応懸念だ。

絶対に戻らなければならない場所も、待っていてくれる人もいないから、そこまで深刻に悩んでないけどな。

日が沈んできた。そろそろ古代語の勉強は終わりだ。朝のうちに取っておいた魚を焼いて食べる。

その後は焚火の近くで『魔法の基本』を読み込む。

まずは魔力感知だったな。呼吸法という方法が載っていたからやってみたけれど、全くわからない。さらに本を読みこむと、手に魔力を集中させることで感じられるという方法が書いてあった。そっちもチャレンジしてみたけれど、やっぱりわからない。

あー！　できねぇ！　くそっ。せっかく魔法が使えると思ったのに、難しすぎんだよ。

集中力が切れ、イライラした俺は、剣を片手に立ち上がり、素振りを始める。これは一人で生きるようになってからの俺の習慣だ。

一人で生きるようになったのは、6歳の時。

スキル鑑定で俺がライブラリアンだとわかると親父は途端に口うるさくなった。

具体的には、「お前の魔法は使えないのも同然なんだから、せめて勉強くらいできるようになれ」とかそんなことだ。

今までも勉強しろとうるさかったが、スキル鑑定を機にそれがより一層苛烈になった。

鑑定結果を知った近所の奴らに役立たずだの無能だのと言われたりもしていたので、親父の言葉はただただ俺をうんざりさせるだけだった。

鑑定から1ヶ月。そうやってぐちぐちうるさい親父にムカついて、俺は家を飛び出した。

本気で家を出たかったわけじゃない。でも、その時は家にいたくなかったんだ。

普通に考えて6歳の子供が一人で生きていけるわけがないのだから、あんなことにならなければ不貞腐れつつも、俺はその日のうちに家に帰っただろう。

でも実際はそうならなかった。

家を出てしばらくして、俺は何者かに連れ去られ、殺されそうになったからだ。

あれから逃げられたのは、本当にラッキーだった。

殺そうとして来た相手がどうなったかは知らない。けれど、また襲われるのではという恐怖から、その後は山の中や森の中で身を潜めて生きてきた。

家へは帰らなかった。いや、帰れなかったというべきか。

自分がどこにいるかわからなかったし、ライブラリアンだとわかってから家の空気がなんだかギスギスしていたから、もしかして家族が殺害を頼んだのか？　と疑心暗鬼になったわけだ。

もしそうでなくとも、ライブラリアンなんてお荷物はいない方がいい。

今は家族が殺そうとしたなんて考えちゃいない。故郷の名前もわかるから、帰ろうと思えば帰れる。ただ、何食わぬ顔で帰るには時が経ちすぎた。

それに……家族も俺がいなくなって、ホッとしているはずだ。

俺は結構やんちゃしていたから、ライブラリアンじゃなかったとしても家族の困り種だったと思うしな……。


ともあれ、そういうわけで俺は一人で生きるようになった。

だが、６歳の子供がたった一人で何ができる？

また殺されそうになったら？　強い魔物に出合ったら？　明日はご飯を食べられるだろうか……。

怖くないわけがない、不安がないわけがないのだ。

怖くて、怖くて、何か見えない不安に押しつぶされそうになった夜がどれだけあっただろう。あの頃はいつも夜震えていた気がする。

それがいつからだったたか、怖くなったら、不安になったら剣を振るようになっていた。昔過ぎて、何を思って剣を振るようになったか思い出せないが、多分強くなりたかったんだろう。

襲ってくる人間も、魔物も怖くないくらいに強く。

そのおかげか今も生き延びられているし、冒険者として仕事もできるようになった。

それに、剣を振ることはもう一つ俺にとって良い結果をもたらした。

まだ強くない時も、剣を振ると恐怖や不安がどこかに行ったからだ。ただひたすら剣先を見つめて剣を振る。それだけを考えて一心不乱に。すると不思議とどこか心が凪いだ。

だから俺は怖い時、不安な時、なんだかモヤモヤする時、怒りを感じる時など、何かあればとりあえず剣を振る癖がすっかりついているのである。


そういうわけで、魔力感知に行き詰まり、集中力もすっかり切れた俺は今剣を振っている。

剣先を見つめ、ただひたすらに。

何十、いや何百回と剣を振り下ろし、唐突に気が付いた。剣先が白く光っている。

いつからだ?

ようやく俺は剣を振る腕を止め、光に集中する。よく見れば剣先にあったと思った光は、動きを止めればもう見えず、代わりに自身の体に見つけることができた。

これが！　これが魔力!?

見つけてしまえば簡単で、呼吸法をもう一度やってみると体の周りにふよふよと白い光が漂い、体の中心はまばゆいばかりだった。

手に集中して魔力を集めるというのもやってみた。今度はすぐにできた。

ぐぐぐっと手に集中すると、体の奥の方から手のひらへ魔力が移動するのがわかる。

これを自在に操れることが、魔力コントロールということか。なるほど。確かに訓練しないと難しそうだ。

たくさん魔力を使い、剣の素振りもしたので、程よい疲労感が体を襲う。もう外は真っ暗だ。

俺は洞窟の壁にまた1本棒を書き込み、大きな葉っぱを集めただけのベッドで眠った。


朝は朝日とともに起きる。洞窟の入り口が東にあるため、朝日が差し込むのだ。

外に出て、木の実の殻に向けて魔法を発動する。

「水(アグア)！」

まだ魔力コントロールの訓練をしていないから当たり前だが、殻の中に残る水の量よりも外に飛び散る水の方が多い。

だけど、それはおいおいうまくなっていけばいい話だ。

殻に残った水を顔にぶっかけて、顔を洗う。本当は木桶くらいほしいところだが、こんな無人島で手に入るわけもなく、島に生っているこの木の実の殻が、今のところこの島で一番大きな器だ。俺の顔と同じくらいのでかい木の実だ。

顔を洗うと、昨日取ってきた黄色い果実をかじる。

やはり美味い。これは何という植物なのだろう？　俺の持っている本にはやっぱり載っていなかった。ということは、新種か？　何か薬効もあるのだろうか……。

この島には何もない。人もいなけりゃ仕事もない。だからだろうか。最近昔のことを思いだしたり、いろんなことを考えたりしてしまう。らしくないとは思いながら、そういう自分は意外と嫌いじゃなかった。

腹ごしらえが済んだら、西へ向かう。西には俺の知らない植物がにょきにょき生えている。いろいろと観察してみたいが、まずは生きていくための仕事をしなければ。

俺はしなやかで硬そうな蔓や長くて硬い葉をあつめて洞窟へ運ぶ。必要だと思われる量を確保するのに、2往復もした。

それからまた西へ戻り、今度は昼と夜の食事の採集だ。

採集といっても、ここにある植物は知らないモノばかりだから、俺が食べられそうだと思ったものを鞄と服の裾を縛って作った袋にポイポイと投げ込むだけだが。

まだ腹を壊したのは1回だけだ。腹を壊しただけで済んでよかった。俺はこういうの引きが強いからな。

それで思い出すのは、まだ鑑定を受ける前。家族と一緒に住んでいた頃の記憶だ。

俺の実家は有力な商家だった。

貴族の前に出る機会もあるからか、はたまた貴族と関係を持ちたかったのか。勉強だの、マナーだの、剣術だの子供の教育にかける熱意はそこら辺の平民に比べりゃすごいものだった。甘やかされた貴族の坊ちゃんよりもすごかったかもしれない。

兄貴二人はそれを粛々とこなしていたが、俺はことごとく放り投げて、近所のガキどもと遊び惚けていたり、一人近くの小さな森を探検したりしていた。

勉強なんて面白くもなんともないし、訓練だってきついだろ？　そんなのより遊びたいに決まっている。まぁ、誘拐されて殺されそうになった時は、剣術くらいちゃんと学べばよかったと本気で後悔したが。本気で後悔したからこそ、その後は自己流だが、剣術の訓練はまじめにやっている。

ある時すごくきれいな赤い実を見つけた。

その日はあまりに俺が勉強も訓練も何もしないもんだから、怒った親父から昼飯を抜かれた。昼飯一食くらいって思うかもしれないが、食べ盛りの俺はもともと一日三食じゃ足りないから、本当に腹が減っていた。

だから、見つけた赤い実が本当においしそうで。小さい実だから腹の足しにはならないことはわかっていたんだが、どんな味がするのか興味も湧いてきて……食べた。

あれは、本当にきつかった。目が回り、頭もくらくらして、手足に力も入らず、俺はその場に倒れこんだ。

兄貴たちは、また勉強せずに抜け出した俺を連れ戻そうと探していたらしい。兄貴たちが見つけたのが意識不明の俺だったもんだから、兄貴たちは相当焦って、俺をそのままその場に残して一人は家に、一人は治癒師のジジイのところへ駆け込んだと聞いている。

兄貴たちが見つけていなかったら、死んでいただろうと治癒師のジジイには言われた。

あれ以来、植物図鑑はよく読み、植物に関してだけはちゃんと勉強しようと肝に銘じた。

あぁ、また昔のことを思いだしている。一人で生き始めたころはよく思いだしていたが、最近は家族のことを思いだすこともなかったというのに。なぜ今更思いだしてしまうのだろうか。

食べられそうな食材を洞窟へ運び込むと、今度は南へ行く。

昨日は東、一昨日は西の海で魚を捕まえようとしてみたから今日は南、明日は北だ。こうやってあっちこっちで何が取れるか実験だ。

昨日行った東の海は魚がいっぱいいた。手頃な木の枝で魚を突き刺そうと試みたのだが、魚の動きが速すぎて、捕まえられたのは1匹だけだった。それもずいぶん苦戦した。1日粘っても1匹も取れない日もあるだろう。

南の海は海藻とか、貝とか……魚のように取れるか取れないかわからない物ではなく、確実に採集できる物があると良いのだが。

南の海についた。早速岩場の裏に貝がないかと探してみたり、潜って魚を見つけようとしたりした。だが結果は空振りだ。

東の海ほどではないが、魚はいた。いるにはいたのだが、何も取れなかったのだ。貝も見つけられなかった。

そもそも海が初めてだから探し方が悪いのかもしれない。

洞窟に帰って、木の実や果実を食べて昼食にする。その後、持って帰ってきた蔓や葉をなんとなく以前道で物売りが編んでいたように編む。簡単だと思ったのに、意外と難しい。

だが、これはこれで剣と同じように無心になれる。無心になっていると、昨日の剣の訓練のように俺の体から籠へ魔力が流れているのが見える。

一心不乱にしていると魔力は物にも移るのか。だが、この物へと移動した魔力は俺の集中が切れた瞬間、雲散していった。その後何度か休憩をはさみながらひたすら編み続け、何とか不格好な籠が完成した。この籠は不格好ながら、便利な道具などない無人島では一番の道具になった。それに魔力についての気づきもあったから、こんな下手くそな籠でも作ってよかったと思う。

籠を作り終えた俺は、最初に飛ばされた時の石碑の前に来た。今から日が暮れるまでは、古代語や魔法陣の勉強だ。まずは、苦手な古代語から本を開く。

ちなみに、石碑の前で訓練するのは、石碑に古代語と魔法陣が描かれているので、何か発見できないかと思ってのことだ。

「地（ティエラ）、水（アグア）、火（フエゴ）、風（ヴィエント）……。よし！　五大魔法のうち四つの古代語は覚えたぞ」

でも、聖魔法はどこに載ってんだ？　ここは基礎中の基礎のページだから、五大魔法が全部載っていてもいいと思うのだが。昔は五大魔法なんて呼ばれていなかったんだろうか。

まぁ、ない物は仕方ない。次だ。次。

ぶつぶつ古代語の単語をつぶやきながら、暗記する。だが、俺はやっぱり勉強が苦手なようで、古代語の勉強はすぐに飽きてしまう。飽きたら、石碑の中でわかる単語を探す。これはちょっとゲームみたいで楽しいが、俺のわかる単語が少なすぎて、石碑の中に数文字見つけられるだけだ。

家にいた頃は、親父は勉強、勉強ってうるさかったっけ。

『知識は裏切らない。金は上手く使わないと無くなってしまうが、知識は使えば使うほど深く広がりお前の中に根付くもんだ。だからしっかり勉強しとけ』

そう口酸っぱく言われたもんだ。

なぁ、親父。俺、勉強してるぞ。俺もちったぁ成長しただろ。

心の中で胸を張るが、やった後に気が付いた。これは猛烈にむなしく、そして恥ずかしい。

頭を切り替え、次は魔法陣を描いて魔法を使う。

「地(テイエラ)！」

俺の前には、どどーんと石碑よりも大きい土の山が聳え立った。

うげっ！　また魔力を込め過ぎたのか。なかなか難しいな。

何とはなしに、今しがたできた土の山を見上げる。

ん？　これ……一体どうやって元に戻せばいいんだ？

だいたい、魔法を使えるようになったのはいいが、今の俺の魔法は、水や火の柱が立ち、土の山が聳え、台風のような強風が吹き荒れるだけだ。規模はすごいんだが、使いどころがない。風なら掃除ができるように、火なら料理が作れるように、そしてもちろん敵を倒せるように使えるようになりたいもんだ。

なんだっけ？　『魔法の基本』にはなんて書いてあった？

再び、『魔法の基本』を開いて、思い通りの魔法を使う方法を探す。

『最後は、その自在に動かせる魔力を形にするイメージです。

より早く、より鮮明にイメージすることで洗練されていきます』

イメージか。俺は出来上がった土の山が元の大地に戻るようにイメージしながら魔力を流す。

「地（テイエラ）！」

ずん！　一瞬大地が揺れた。突然のことによろめき、体勢を立て戻すと、目の前にあったはずの土の山はすっかりなくなっていた。

ようやくできたと喜んだのもつかの間、よく見れば土の山があった場所は、今度は山の頂上があったところを中心に円錐を逆さにしたように穴が空いていた。

あ、またやり過ぎたな……。

だが、やり方はわかった。あとはコントロールだ。

その日以降俺の毎日は同じだ。午前中は食材を採集したり、生活に必要なものを作ったり、島の中を探検し、午後は古代語と魔法陣の勉強を石碑の前でやる。日が落ちれば、洞窟に戻って魔力コントロールの訓練だ。自分の周りに球体状に魔力を展開したり、その魔力の球体を大きくしたり、小さくしたり。

自分の体表から1ミリもでないように魔力を自分の中に閉じ込める特訓もした。これは結構苦戦したのだが、ある時、狩りをする時や自分より強いものから逃げる時の感覚に似ていることに気が付いた。息を殺して敵が過ぎ去るのを待つ時の感じだ。

その時の感覚を再現したら、あっと言う間にできるようになったから、俺はきっと逃げる時、潜む時は知らず知らずのうちに魔力を抑えていたんだと思う。

ガキの頃から危険と隣り合わせだったことがこんなところで生きるとは。人生何が糧になるかわからねぇもんだな。

魔力を抑えることができるようになったら、途端に魔法陣を使った魔法の出来も良くなった。俺はずっとありったけの魔力を垂れ流して、魔法を使っていたから、いつもやりすぎだったのだ。

土の山は、今はもうすっかり更地に戻すことができる。それどころか、土の壁も作ることができるようになった。

それから俺はいろんなものを地魔法で作った。一応これも魔力コントロールの訓練の一環だ。ベッドという名の台、木桶ならぬ土盥(つちだらい)、椅子やテーブルっぽい何かも。

どれもこれも不格好だが、作る度に成長を感じて俺は結構楽しかった。

それに不格好な作品をもう一度作って、前回より良くできるとすごく達成感を得られた。ちなみに、土の盥は水を入れると泥水になっちまうから、水をくむのは結局木の実の殻だ。土の盥は収穫したものを保管する場所になっている。


毎日少しずつ、魔法が上達している頃、変化があった。

俺はいつものように魚を取っていたんだが、漁を終えて洞窟へ戻っている途中、島の奥で急に鳥たちが逃げるように羽ばたいていった。

そっちの方向は洞窟がある。俺の塒！　なんだか嫌な予感がして、塒へと急ぐ。洞窟が近づいてきて、驚いた。洞窟の外にあったテーブルもどき、椅子もどきが破壊され、何か大きな物を引きずった跡が洞窟へ続いていたからだ。

なんだ？　恐る恐る洞窟の入り口の方へ向かう。

今魔力は完全に閉じている。少しずつ、植物の陰に隠れながら中が窺えるところまでやってきた。

見えたのは、白色の何かだ。

何かはわからないが、見える範囲全てが白色だ。遠すぎてわからないので、さらに近づく。

得体が知れない何かを警戒して慎重に。

そして、やっと入り口まで来た時。俺はその白色がとてつもなく大きな生物だと気が付いた。

なんだこれは？

あまりに大きくて、左右に顔を向けて見なければ全体像が見えない。

だから右を見て、左を見た。そして、目が合った。

そう、文字通り、そこに目があり、その目は俺を見つめている。

そんな生物見たことない。

目が俺の顔と同じくらい大きいんだ。つまり、奴はそれくらい大きな生物だってことだ。

恥ずかしいことに、俺は声をあげて逃げ出した。だが、仕方ないと思わないか。

「うわぁあぁ」

その日は石碑の前で眠った。いや緊張状態で全く眠れなかった。

翌日、巨大生物は洞窟から出て、東の原っぱに出ていた。西側はあんなに植物が生い茂っているというのに、東側には何もない。だからこそ朝の光の中、遠くからでも奴の姿が良く見えた。

朝日を受けて輝く白銀の鱗、首と尻尾は長く、背には大きな翼が生えている。口元にはひげがあり、耳は角のようにツンととんがっている。

それは紛うことなき強者であり、絶対的な存在だ。

竜……。

本当にいたのか。竜という生物は。

昔読んだ絵本そっくりだ。昔、昔……俺がまだライブラリアンだとわかる前に親父が読んでくれた絵本に描いてあったあの竜だ。

あの絵本のことは忘れるはずがない。

親父が読んでくれた時は全く聞いていなかったのだが、一人になってライブラリアンで同じ絵本を見つけた時、寂しさから何度も何度も……毎日何度も読んだからだ。

白い巨大生物が竜だとわかったところで俺の対応は変わらない。だって、あんな巨大な生物だ。牙をむかれたら俺の敵う相手じゃない。息を殺し、奴の視界に入らぬよう島を移動し、新しい塒を探す。

あの大きい洞窟は、きっと奴の塒だったのだ。

奴の塒がある場所の反対側から丘を登る。緩やかな傾斜の部分は一度登ったが、その時同様特別な発見はなかった。となると……俺は上を見上げた。これに登ってみるか。

傾斜がきつく、登りにくいので、地魔法で足元に階段を作りながら登る。魔法が扱えるようになって良かった。登るのがすごく楽だ。

登り切って達成感を得て、振り向けば丘の中腹に奴がいた。じっと俺を見ている。

くそっ！　魔力感知をなぜしてなかったんだ！

どうする？　正面切って戦っても負けるだけだ。

どうしたらいい？　後ろにも逃げ道はない。

奴が近づくたびに俺はじりじりと後退する。さっきは魔力感知をなぜ展開してなかったのかと後悔したが、使ったら使ったで後悔した。あの巨体だからそうだろうとは思っていたんだが、やはり奴の魔力は尋常じゃなかったからだ。

だらだらだらと嫌な汗が伝う。

絶対敵いっこない。でも……やるしかない！

俺は地面を蹴り、登ってきた階段を飛び降りながら剣を振る。あんな大きい奴でも立てなくなったら強さ半減だ。足を重点的に攻撃する。だが、奴の鱗は堅く、びくともしない。

奴に向かって火を放ったり、水を放ったりしたがそれも効かない。

強すぎる！

絶対に敵わないのだから、一か八か後ろの崖から飛び降りて逃げるか？

あの崖を？　崖の向こうを思いだし、ごくりと唾を飲む。

だが……それしかない。今は俺の強運を信じるしか道はないのだから。

そうと決まれば、俺はくるりと竜に背を向け、今降りてきた丘を一段飛ばしに駆け上る。そして、そのままのスピードで、崖から海の方に大きく飛んだ。

崖の下は岩が沢山ある。岩に当たったら一巻の終わりだ。岩にだけは当たらないようにしなければ。剣を握りしめ、岩と激突しそうならば、剣先を岩に当てて少しでも方向をそらそうと落ちながらも必死に剣を向ける。

もうすぐ岩だ。岩に激突するその瞬間、俺の目の前は真っ白になってしまった。

目が覚めると、俺はまだ真っ白な世界の中にいた。キラキラと光る白銀の世界だ。そんな光景を前にとうとう俺も死んでしまったのかと思ったが、よく見ればその白の中に鱗が見え、もっともっ

と周囲をよく見渡すと俺の目の前には竜が横たわっていた。

ポタ。

真っ白な世界に朱が混じる。

見上げれば、俺の剣が竜の翼を刺していた。そうだった。俺は落ちるとき剣先を下にして落ちていたんだ。

「お前……助けてくれたのか？」

当たり前だが竜は話さない。

だけど、思い返せばその巨体に、魔力の強さに勝手に俺がビビっていただけで、竜から魔物と対峙した時のような嫌な感じはしなかった。竜はいつも俺を見つめていただけで、俺を攻撃したりはしなかった。

くそっ！

「ちょっと待っていろ！」

俺は急いで、奴の塒に入り、自分の鞄の中を探る。

俺は家のない根無し草。だからこそ、いつでも持っている持ち物が俺の全てだ。だから服や紙、食料に薬も何もかも俺の暮らしに必要なものは必ずこの鞄に入っている。

竜に効くかはわからないが、命の恩人に恩をあだで返したままなのはなんか嫌だ。俺は鞄から傷薬を取り出し、走り出した。

「効くかどうかは分かんねぇぞ」

急いで戻った俺は、竜の背中によじ登り、刺さった剣を抜き、薬を塗る。どくどくと血が出続け痛そうだ。

それにこの竜の巨体に塗るには手持ちの薬は少なすぎる気がした。うっすらと塗っただけなのに、一缶全てなくなってしまったからだ。

薬はなくなったが、当然治らない。だが、もう俺にできることはない。ぼんやりと竜の傷を眺めていると、脳裏にちらちらと親父の顔が浮かんできた。

俺がすずらんの実を食べて死にかけた時も、蛇に噛まれて死にかけた時も、親父はあっちこっちの伝手(つて)を辿って優秀な治癒師を呼んでくれたっけ。峠を越えた後も、商会の力を全て使って体にいいという薬草茶だの、食べ物だのを手に入れてきた。

親父だったら、最後の最後まであきらめないよな。そう思うと薬を塗っただけでただ見つめるしかない俺が恥ずかしく思えてきた。

「俺の息子がその程度であきらめんな！」そう言われた気もした。

俺はライブラリアン。この本の中に何か助けるヒントがあるはずだ。

未だ一度も使ったことのない聖魔法。聖魔法の使い方がどこかに載っていないのか？

やるべきことが決まったら、すっと視界が開けた。

竜の背に座り込み、本を出し、傷を治す方法を探る。

いつの間にか竜に対する恐怖はなくなっていた。

そして、魔法陣集の中に『けがや病気を治す魔法陣』という魔法陣を見つけた。これだ！

流れている竜の血を使って陣を描く。ズレないよう、間違わないよう慎重に。次に古代語の本を開き、さっきの魔法陣に描かれた文字の中のわからない単語を調べる。

あぁ、わからねぇ！

古代語ってのは言い方がまどろっこしいんだよ。そして長い。全然覚えられねぇ。

あー、でも待てよ。わかったぞ。つまり悪きものを祓って、清めて、癒やして、命の泉に力をくれ、傷を治せってことだな。

俺の記憶力が悪いせいで、かなり時間がかかってしまった。

その間にも竜から血はどくどくと流れていく。

ようやく準備が整う。一息吐いて、心を落ち着ける。

「俺は、古代語も、魔法陣も、魔力コントロールもまだやり始めたばっかりなんだ。失敗したって怒るなよ」

そう一言告げると、魔力を流し、唱える。

「天に御座（おわ）す四柱の神々よ。願わくは悪しき物を祓い、清め、癒やし、守り給へ。命の泉に力を。傷を治し給へ」

結局覚えきれず、簡略化した呪文になっちまったが、大事なところはちゃんと唱えられたはずだ。

唱え始めた瞬間から、光が竜の傷口を照らし始め、その光はどんどんどんどん強くなる。

半分はがれていた鱗が2枚はじけ飛ぶ。血が止まり、鱗が再生し始める。

なんだこれは？　聖魔法ってこんなにもすごい効果があっただろうか？

それともこんなにも回復スピードが速いのは、竜だからなのだろうか。

だが竜の回復よりも、俺の魔力の方が先に底をついたらしい。

らしいというのは覚えていないからだ。

気が付けば、俺は竜の隣で寝ていた。傷がどうなったか確かめようとよじ登ると、怪我していた場所に周囲の鱗よりも一回り、小さい鱗が二つあったので、俺の魔力が切れたのだと推測したわけだ。

ちなみに竜は俺が傷の確認をする間中、動かずにじっとしていた。

俺は竜から降りる。あまりに大きいから降りるのも一苦労だ。

降りる途中、俺は竜の側の草むらからキラッと光が出たのを見た。

無事に竜から降りると、奴の目を見て話す。

「助けてくれて、ありがとな」

ほんのわずかだが、頭が動いた。「どういたしまして」と言われた気がした。

草むらを探ってみると、キラッと光ったのははじけ飛んだ竜の鱗だった。

俺はなんとなくそれを放ることができなくて、ポケットに突っ込んだ。

それからまた俺の毎日は平穏になった。

食料を確保したり、剣の訓練をしたり、魔法の本を熟読して、訓練し、古代語の勉強をする毎日だ。

「ウィスパ！　お前も食べないか？　この黄色いのは結構甘いぞ」

ウィスパに向けて、西の森で採れた黄色い果実を投げる。ウィスパは器用に口でキャッチして食べている。

ウィスパというのは、竜の名前だ。昔読んだ絵本に描いてあった白竜とそっくりだったからそう呼んでいる。

ウィスパと呼べば、こちらを向くので本人も気に入っているのではないかと思う。

竜と人間。種族は違えど、言葉を交わすことはできずとも、一緒に暮らす友がいるのは楽しいものだ。それに、ウィスパは言葉を発することはないが、俺の言葉を理解しているような気がする。

ウィスパと友好を結んでから、俺たちは毎日一緒にいる。だって、ここは無人島だ。

先程のように、話しかけて果実を投げれば口を開けて食べるのだ。

ウィスパは多分食事を必要としない。そんなことあり得るのか？　と思うだろうが、俺が果実でも投げなきゃウィスパは何日も食べずにいるからそうなのだと思う。

何日も何も食べない奴の横で、毎日食事するのも気が引けて、魚や果実を差し出したのが一緒に食事をし始めたきっかけだ。

食事が必要ないウィスパだが、好き嫌いはあるらしい。魚は吐き出されたし、今日渡した黄色の果実はお気に入りのようだ。目がキラキラしている。

ウィスパは毎日俺の訓練をそばで見ているか、横になって昼寝をしている。

毎日同じ相手とずっと一緒にいる生活。それは昔、俺が家族としてきたことで、俺が最近何度も思いだしている暮らしだった。誰かと共に暮らすというのは、たとえ相手が竜でも心地いいものなのだな。

ある日、目が覚めるとウィスパがいなかった。

島中探したが、どこにもいない。ウィスパには翼がある。どこかへ飛んでいったのだろうか。

ウィスパがいなくなってもう三日になる。毎朝ウィスパの塒を見に行くが、やはり帰ってきていない。

そうそう。俺の塒は、ウィスパの横に作った。思えば、雨風しのげて寝る場所があればいいだけなので、ウィスパの塒ほどの大きさは必要ない。だから魔法の訓練も兼ねて魔法をぶつけてちょっとした横穴を掘ったのだ。

ウィスパが消えて五日後の夜、ウィスパはひょっこり帰ってきた。

少し鱗の輝きがなかった気がしたが、それはもしかしたら夜だったからかもしれない。

その翌日、ウィスパは一日中眠っていた。ひょっとして怪我をしているのかと心配もしたが、そのまた翌日には、元気に東の原っぱにでてきたので、きっと久しぶりの外出に疲れたんだろう。

この島に来て、半年がたった。

俺の魔法もかなり上達した。その証拠に俺の塒には、以前作った家具よりもいい土の家具が置かれている。

以前は、テーブルや椅子っぽい何かだったが、今はちゃんとテーブルはテーブルに、椅子は椅子に見える。

木桶ならぬ土盥も以前は水を入れたら泥水になってしまうような代物だったけれど、今はちゃんと水を入れても大丈夫な土器だ。

その作り方を閃いたのは、地弾（アースブレット）を練習している時だ。地弾（アースブレット）は、よく地魔法使いが使っている攻撃だが、それを魔法陣で再現するには堅い土の塊を想像することでできるようになったのだ。

つまり、地魔法で出せる土は想像次第でどろどろの土や水分のまるでないサラサラの砂も出せるということだ。

それに気付き、地弾（アースブレット）の時と同じように土の性質をイメージして魔法を発動した。イメージしたのは粘土質の土だ。するとイメージ通り粘土質の土が出てきた。それを捏ねて、不格好な器を作り遠火で焼けば、土器の出来上がりってわけだ。

最初は、火の中にそのまま入れて割れたりもしたが、何度もやっているうちになんとか割れない土器が出来上がった。今まで、この無人島で物を入れられるのは、俺が編んだ不格好な籠、水を入れたら泥水になる土盥、そして木の実の殻だけだったから、器が作れるようになってまた一段とこの島の暮らしが快適になった。

島にある果実や木の実、草のどれが食べられて、どれが食べられないかも見分けられるようになったし、魚を捕るのも上手くなった。木の枝を風刃（ウインドカッター）で鋭くとがらせるとより捕まえやすくなった。

ウィスパとの仲も良好だ。今では背にのせて飛んでくれることもある。空を飛ぶなんてことが、俺の人生であるなんて思ってもいなかった。

知っているか？　空を飛ぶというのは気持ちがいいのだろうなとなんとなく思っていたが、そんなことはない。寒いし、風も強く、日差しが強い時はじりじり焼かれているみたいな気分にもなる。結構過酷な環境だ。

だが、あの眺めは最高だ。朝の海はキラキラ煌めいて綺麗だし、夜は漆黒の中に星が浮かんでそれはそれで神秘的だ。

どこまでも続くと思っていた海も空高くから見れば、遠くに陸地があるのもわかるし、でかいウィスパの塒があんなに小さな穴に見えるのも面白い。漠然と広いと思っていた世界を見下ろせば、何でもできるような気持ちにもなる。あぁ、空を飛ぶってのは本当に最高だ。

ここでの暮らしにも慣れたので、俺は最近新たな興味を惹かれて、新しい挑戦をしている。

そう。ここの植物を観察しているのだ。ここの植物は、図鑑に載っていない種類ばかりだからな。本では調べようがない。

名前がないと不便だから、ウィスパも俺も大好きな甘くて黄色い果実はプラティーナ、俺が殻を器に使っていた木の実をココモという風に新種と思われる植物に一つ一つ名を付ける。

持っていた紙にスケッチして、特徴も記す。もちろん、食べられるかどうかもな。毎日観察し、さらに気づいたことがあれば、また紙にメモをする。

ちなみにプラティーナは、俺の身長の倍はある木のような植物だ。葉は大きく硬い。その大きさは俺の片腕と同じくらいだ。果実は細長く、何十本もの果実が肩を寄せ合うように生っている。

木のようなと記したのは、ある時風で倒れたプラティーナの断面に年輪がなかったからだ。こんなに大きいのに草なのかもしれない。

果実も最初は黄色の果実だと思っていたが、探せば緑色のものもあると知った。さらに、観察すると緑色のものと黄色のものがあるのではなく、緑色のものが成長すると黄色になることも分かった。ちなみに緑の時の皮は固く、甘みも少ない。だが焼くと芋みたいだ。逆に黄色のプラティーナは焼くとどろっとして、俺にはちょっと甘すぎだ。まずいわけではないが、甘すぎる。

知らないものを自分の目を通して、発見するというのはなかなか楽しかった。

冒険者をしていると、受けた依頼が近くだったりして他の冒険者の戦闘を見ることがある。

冒険者っていうのは、危険も多いため大抵が攻撃魔法を使える火、水、風、地の四つのスキルである人が多い。まぁ、多くの人がこの四つのスキルのうちのどれかだからともいえるが。

それゆえに、他の冒険者の戦闘っていうのは、剣や槍も使っているが、何かしらこの四つのスキルを使った魔法で戦っているものだ。

今俺は過去に遠目で見た戦闘の記憶を掘り起こしながら、あらゆる攻撃魔法を訓練している。

なぜ遠目にしか見たことがないかというと、俺はライブラリアンであることを隠しているのでパーティを組まないからだ。

失敗もあったが、風刃（ウインドカッター）や火球（ファイアボール）、地弾（アースブレッド）等他の冒険者が使う技は、どれも魔法陣で再現することができるようになった。どんな失敗をしたかって？　問題ない。風刃（ウインドカッター）を練習した時にちょっと石碑の上が切れただけだ。

やはり戦闘で使っているところを見たことがあるからだろう。イメージしやすく、今まで目にしたことのある技は大抵、そんな少しの失敗と共に大した労力もなく使えるようになった。

例えば一番簡単にできた火球（ファイアボール）。これは、火の基礎呪文〈フエゴ〉を使うんだが、呪文を唱えるだけじゃただ火が出てくるだけだ。ここでちょっと火を球状にした形を想像しながら、呪文を唱えると火球（ファイアボール）になるのだ。大きな球を想像すれば大きな、小さな球を想像すれば小さな火球（ファイアボール）が出来上がる。

火のスキルだったら、こんな風に想像しなくても、古代語を勉強しなくても、魔法陣を覚えなくても、魔力操作の訓練をしなくても、技の名前〈ファイアボール〉と言うだけでできるんだから、楽だよな。

だけど、魔法陣にもいいところはある。

魔力操作とイメージ力を鍛えれば、基礎呪文〈フエゴ〉の一言だけで、火の雨を降らすこともできるし、火の竜だって作ることができる。俺はまだその域に達していないが、努力と工夫、アイデア次第でできることがうんと増える。

それにスキルなら一つだけだが、魔法陣はちゃんと勉強すれば火も水も風も地も、聖魔法だっていや結構面倒だ。

要なことか。スキルならただ鑑定を受けるだけなのだから、それと比較してしまうとちょっと……

魔法陣の不便なことと言えば、魔法陣を毎回描かないと使えないことか。あとは勉強と訓練が必
すごいだろ？
使えるのだ。

魔法が上達したからだろうか。ライブラリアンで読める本もまた少し増えた。中級の魔法陣集や付与魔法の本、それに『暮らしが変わる！　生活魔法』なんて本まであった。

新たな本を熟読しつつ、魔法の訓練をする。

付与魔法ってやつは、面白い。物に魔法の効果を付与できるなんて、考え方次第でいろんな道具が作れそうだ。

虹の谷からここへ飛ばされる前に寄った村。あそこで見た風の魔法が付与された剣『風神』も付与魔法を極めたら自分で作ることができるはずだ。

風の剣に火の剣、何でも作れるぞ。

地魔法を付与して、長さが伸びる槍なんかもいいかもしれない。

いや、それよりもまず。熊男が持っていた火の魔法陣付きネックレスのように火、水、風、地の基礎魔法陣を付与した石を持ち歩けば……いつでもすぐに魔法が使えるようになるんじゃないか？

本を読めば読むほど、考えれば考えるほど付与魔法は可能性が無限にある魔法に思えた。

そう思えば、興味もやる気も出てきて、ちょっとサボり気味だった古代語も付与魔法の本に出合ってから、本気で勉強するようになった。


この島に来て1年が経った。

付与魔法の可能性を感じてから、俺の魔法に対する興味はさらに高まり、実践も座学もどちらもすごい集中力で毎日やればやるだけ魔法が上達した。そうなれば、やればやるだけ楽しくなり、さらに身を入れて勉強、訓練するようになった。

勉強も訓練も逃げ回っていた俺のこんな姿を見たら親父はなんて言うかな。


またウィスパが出かけて行った。今度は俺の起きている間だったので、「どこへ行くのか？ 俺も一緒に行ってもいいか」と問いかけたんだが、全くもって無視されてしまった。

ウィスパはその日には帰ってこず、帰ってきたのは前回同様五日後のことだった。

ウィスパは疲れているのか、その身に輝きはない。そして、まるまる二日間も眠り続けた。疲れているのかと思い、回復をかけてみたが、前回のような手ごたえは感じなかった。

竜だから回復力がすごいわけじゃなかったのか？ 血で魔法陣を描いたからだろうか。

その翌日も起きてはいるものの、塒からは出てこず、結局ウィスパが塒から出てきたのは、帰宅から四日後のことだった。

さらに3ヶ月経ち、俺が火、水、風、地の基礎魔法陣を石に付与することに成功した頃、ウィスパはまたどこかへ飛んでいった。もちろん俺も一緒に連れて行けと言ったんだが、結局あいつは自分だけで行っちまった。

今回帰ってきたのは、七日後だった。いつものウィスパらしくなく、東の原っぱにドスンと雑に着地したあいつのその身に輝きはなく、それどころか少し薄汚れて灰色になった気さえする。

「ウィスパ。大丈夫か？　お前、出かけるたびにくたびれて帰ってくるじゃないか。何しに行っているんだ」

ウィスパは俺の目すら見ない。

「何か食うか？」

そう問いかけ、ウィスパの好物であるプラティーナを差し出す。それは四日もウィスパの前に置かれたままだった。五日後、ウィスパはいつものウィスパに戻った。

2週間後、俺はウィスパとともに出かけることにした。

ウィスパが出かけるたびに疲弊して帰ってくるのは、長距離を飛んでいるからなのか、また別の問題があるのか知りたかったのだ。

まぁ、買いたいものがあったというのもある。

「ウィスパ。なぁお前、カラヴィン山脈って知っているか？」

ウィスパはじっと俺の目を見て、小さくうなずく。

「カラヴィン山脈は標高の高い山だ。ふもとには人間もいるが、山頂付近には誰もいないはずだ。俺は欲しい物を買いに行きたいんだが、そこまで連れて行ってくれないか?」

ウィスパはじっと俺を見つめたまま、動かない。

「ちょっと時間はかかるけど、また戻ってくるから。ここへの行き方はもうわかったからな」

そう言うとやっとウィスパはうなずいた。

夜になった。俺はウィスパの背に乗り、飛び立った。

ウィスパはまっすぐ飛んだ。北へ、北へ。あの島は大陸の南にある島だったのか。朝になると雲の上を飛び、さらに北を目指してまっすぐに飛んだ。

昼になり、また夜になった頃カラヴィン山脈が見えてきた。夜の闇があたりを支配した頃、俺たちは山頂付近へと降下を始めた。やはり周囲に人はいない。ホッと胸をなでおろす。ただその安堵は一瞬で違和感へと切り替わる。

「ウィスパ。ちょっと待ってくれ!」

ウィスパは空中で停まり、俺は遺跡へと目を凝らす。

あれは何だ? 前回来た時には気づかなかったが、俺があの島に飛ばされた時にいた遺跡は、遺跡全体が円形になっており、上空から見ると何やら模様が描いてあるようだった。

下にいる時は気づかなかった。これは、魔法陣か!

こんなに大きな魔法陣をいったい誰が、何のために……そう思いながら、とりあえず紙に描き記す。

出来上がった魔法陣を見て驚いた。これ、転移の魔法陣じゃないか！

俺はここからあの島に飛ばされたわけだから、ここに転移の魔法陣があったことには驚きはない。

驚いたのは、俺がこの魔法陣を理解できたことだ。

これは本でも見たことがない魔法陣だ。簡単な魔法陣というわけでもない。なのに、なぜ俺はこれがわかるのか？

混乱しつつも俺の頭の中には、また一つの案が浮かぶ。

遺跡のそばに降り立ったウィスパと俺。ウィスパは結構な距離を飛んだというのに全く疲れ知らずで、その身もキラキラ輝いている。これくらいの距離なら問題ないということなのだろうか。

また島へ戻ろうとするウィスパを呼び止め、ポケットに手を突っ込む。

中には2枚の鱗。付与魔法を使って、転移の魔法陣を鱗に付与する。

何故この魔法陣を理解できるのか全く分からないが、今ここでこれを使えれば……。

「ウィスパ。これを持っておけ。ほら、これがお前の分だ。お前がこれを持っている限り、俺はお前のところに帰ることができるんだ」

ウィスパはじっと聞いている。

「あぁ、持っておけと言ってもどうするか。お前は鞄もポケットもないしな」

飲み込ませるわけにもいかないし……などと悩んでいると、ウィスパは身をかがめ、俺に乗れと言ってくる。

どうするんだと思いつつ、再びウィスパに登る。

「で、これどうすんだ？」

ウィスパに鱗を見せると、ウィスパが突然俺の手をつついてきた。反動で、鱗が落ちてしまう。

「ちょっ、何すんだ……え？」

背に落ちた鱗はキラッと一瞬光ってそのままウィスパの背にくっついた。

白銀の中に、1点俺が付与した魔法陣が金色に輝いていた。

「はっはっはっ！　お前は本当にすごいな。そんなことができるのか。でも、これで落とす心配もないな」


ウィスパと別れた俺は石の門をくぐり、遺跡の中に入る。あの日読めなかった本を読むためだ。

階段を上り、広い円形の場所に出る。この場所全体が魔法陣になっていたなんてな。全く、これを作った奴はすごい奴だ。

円の中心には、石の本が置いてある。なんだか懐かしい。これを持ちあげようとあれやこれやとやったっけ。

石の本を覗くと、案の定そこには古代語が書かれてあった。

やはりそうか。あの日読めなかったこの文字は、古代語だったのか。

『守り人よ。その本を開け。時が来ればモノジアに眠る叡智とともに世界を導くがいい』

そこに書いてあるのはそれだけだった。本を開け……か。なるほど。知らずに俺は魔法陣の発動条件を満たしていたらしい。

それにしても、守り人にモノジア、叡智……何のことかさっぱりだな。

俺が島に飛ばされたことを考えると、俺が守り人で、モノジアはあの島の名、そして叡智は……ウィスパだろうか。

ウィスパとともに世界を導けって言ってもなぁ。

ウィスパの圧倒的武力で制圧させるのか？　ウィスパを神からの遣いだと言う？　それともウィスパはこの世の全てを知る存在とか……まさかな。

わからねぇことを考えても仕方ない。結局俺は考えることを放棄して、遺跡で寝るための準備を始めた。

その日俺は夢を見た。夢の中の俺は世界中を旅しながら、何かを必死に探していたが、朝になると何を探していたかなんてすっかりきれいに忘れてしまっていた。


翌朝早く熊男たちの村に行こうと準備を始めた俺が出会ったのは、一人の少女。

金色の髪を後ろで一つにまとめた美少女は俺を見て、言った。

「ねぇ！　あなたなんでしょ？　昨日竜に乗っていたのは」

見られていたのか。「私にも乗らせて」と言う少女を適当にあしらう。

だが、ガキはしつこい。俺の横を歩きながら、「あなたの竜なの？」「今日は来る？」「今度乗せてくれる？」と言い募る。

誰だかわからない奴にウィスパのことは話せない……とここまで考えて気が付いた。

こいつはどこからやってきたのか。見渡す限り、親なんて見当たらない。

ここはカラヴィン山脈の山頂付近だぞ。

普通に考えれば、こんな場所に少女が一人いる方がおかしい。

「お前、母さんか父さんはどうした？」

「ん？　村にいるよ」

「村から一人で来たのか？」

そう聞くと、初めて少女はビクッと震えた。いや、俺は脅してなんかない。

「本当は村から出てはいけないの。勝手に出てきたからおじさん内緒にしてね」

あぁ、悪いことしている自覚があるから震えたのか。

「なんで出てきたんだ」

「だって、昨日竜を見たから。さすがに夜一人で出てくるのは怖かったから、朝一番に探しに来たんだ」

ん？　朝一番に村を出た？　この辺に村なんかない。熊男の村が一番近いだろうが、数時間でつけるような場所にはない。

そういえば熊男が言っていたな……。山頂付近にエルフの里があると。

「お前、エルフか」

「うん！　なんでわかったの？」

「ここら辺にエルフの里があると聞いたことがあってな」

やはりエルフだった。さてどうするか……。

「ぐぅ」

俺は少女を見つめる。

「お腹……すいた」

家に帰ったらどうだとも言ったが、俺の顔を見つめて動かない。

「あーくそっ！　俺はこれしか持ってねぇ。食いたきゃ食え」

結局根負けして、プラティーナを投げる。

「わぁ！　これなに？　初めて見た！」

何の躊躇いもなく、一口食べ、少女は「美味しい！」と目を輝かせている。

「お前、ここら辺に住んでいるならこの遺跡のこと何か知っているか？」

「うーん。ちょっと前に突然できたってお父さんが言っていたくらいかな」

とりあえずエルフが建てたのではないらしい。では一体誰が？

「へー意外だな。できたの最近なのか」

「あ、多分お父さんの言うちょっと前って100年とか200年前くらいだと思うよ」

結構前じゃねーか。

100年、200年前ならスキル鑑定ができた頃か？　いや、歴史なんて勉強してないから正確に何年前に作られたかなんてわからないが、スキル鑑定が生まれる前は魔法陣を使っていたと聞くし、転移魔法陣はその時代にはわけもない技術だったのだろうか。

だとしたらなぜ……そんな高度な技術を持った魔法陣が廃れてしまったのだろう。

結局、少女から有力な情報は何も得られぬまま。

プラティーナを食べ終えた少女は、ハッと何かに気づき立ち上がる。

「おじさん！　美味しかった。ありがとう。でも、そろそろ帰らないと村を抜け出したことバレちゃう。またね〜！」

そう言って少女は駆けていった。一体何だったんだ。

残っていたプラティーナを食べ、気を取り直して、熊男たちの村へ向かう。

熊男たちの村は、ここから一番近い村だ。あれほど山奥の小さな村では買い物などできないだろうが、きっと近隣の村の情報はわかるはずだ。

守り人だの、叡智だのといったよくわからないことは棚上げにしたまま、当初の目的である必要物資の調達をしようというわけだ。

今回調達しようとしているのは、紙だ。俺は学者じゃないから、もともと持っていた紙なんてほんの少しだけだった。そんな少しの紙ではどんなに小さな字で記そうとも書ききれない。それほどあの島には知らない植物があった。

書ききれない分は、俺の塒の壁にメモしたりもした。だが、それにだって限界がある。

そういうわけで、島を出て紙を買いに来たわけだ。

熊男たちの村へは三日でついた。

「ん？　これは……？」

そこにあった村は、かつて滞在していた時のような活気はない。家もまるで何かに襲われたかのようにボロボロだ。

一人の老人が通りかかり、俺を見つめる。

その顔は一瞬で驚きに変わり、目を見開き、声をあげた。

「お前、生きていたのか!?　おーい！　ゴラーだ。ゴラーが来たぞ」

男の呼び声に応じて、家から一人、また一人と人が出てくる。

「ゴラーじゃないか」「よく来たな」「もう1年になるかしら」と口々に歓迎してくれる村の人たち。

俺はそれをぽかんと間抜け面で見まわした。

だって変な話じゃないか。俺は一人で生きてきた。スキルがばれるのを恐れて、町から町へ旅しながら。それでも1年以上住んだ町だってあったんだ。けれど、その町に俺の馴染みなんていない。

久しぶりにその町へ行ったところで、誰も俺のことなんか覚えちゃいないだろう。

この村は確かに人の出入りがほとんどない。だからこそ俺のことを覚えてくれていたんだろうが、この村に滞在したのは1週間ほどだ。たった1週間なのにこんなにも総出で出迎えてくれるのか。

「ゴラーさん……」

俺を取り巻いていた村人たちがパッと左右に分かれ、その奥から髪を後ろで一つにくくった一人の女性が出てきた。あれはたしか、熊男の妻カミラだ。

熊男とカミラとは以前来た時、一緒にウォービーズを討伐したな。

「カミラ！　久しぶりだな。あいつは……」

俺は周りを見回す。カミラがいるなら熊男もいると思ったのだが、きょろきょろと見まわしてもあいつはいない。

「ランディーに会ってくれませんか」

あぁ、そうだ、そうだ。熊男はランディーって名前だった。呼ぶことなんてないから忘れていた。

もちろん会うつもりだ。出会いは最悪だったが、なんだかんだこの村で一番接点があったのは熊男だからな。

出会った時、俺は熊男の息子がウォービーズに襲われかけているのを助けた。だというのに、あいつは勘違いして「俺の息子に何してやがんだ」と殴りかかってきたんだよな。

懐かしくて、笑みが漏れる。あれからもう1年以上経つのか。

「あぁ、もちろんだ。どこにいる？」

村人たちと挨拶を終え、カミラの後を追う。着いたのは、熊男の家だ。

なんだ。家にいるなら他の奴らのように出てくりゃいいのにとちらりと思いながら、戸をまたぐ。

こいつの家も他の家と同様、ボロボロだな。

「邪魔するぞー。よぉ、ひさ……」

言葉が続かなかった。そこにいたのは、熊のようにでかく、威厳も人望もある立派な男ではなかった。床に臥し、やせ細った一人の男だったからだ。その顔には生気もなければ、表情もない。

たった1年で何があった？

「おいっ、俺だ。ゴラーだ。わかるか？」

熊男は、わずかに俺の方に顔を向け俺を見つけると、ぎこちなく笑う。

「あ、あぁ。ほん、とうだな。情け、な、い姿を、見、せたな」

やせ細った熊男は、上手くしゃべれないのか切れ切れになりながら、必死で言葉を紡ぐ。

その姿はあまりに細く、痛々しく、冗談でも熊男とは呼べないほどだ。

「何があったんだ？」

カミラが語るには、今年の冬はウォービーズの数が少し多かったらしい。去年は俺もいたので、俺とランディー夫婦、それに二人の青年の5人で討伐したが、今年は4人。そのうち一人が毒にやられて死に、もう一人の青年も負傷。

ランディーは、ウォービーズに刺されそうになっているカミラをかばい、ウォービーズを迎撃。ただその時いたのが足場の悪い場所だったため転落。

転落先にあった木が足にささり、全身打撲を負ったという。その怪我のせいで、今右足は動かない。さらに悪いのが、怪我から数日たったころから少しずつ変な症状が出てきたことだ。

最初は口がぴくぴくと少し痙攣しだしたらしい。口も開けにくいことから、食事が食べにくくなったが、そこまではまだいい。だが、その痙攣はどんどんひどくなり、顔は固まり、腕や体全体が痙攣しだすようになった。

カミラが食べ物を小さく切り、柔らかく茹で、食べやすく料理するも、中々食事を食べることが難しく、ランディーはどんどんやせ細り、体力もなくなってきた。

今では一日中寝たきりの生活だ。

俺は村の住人なんかじゃない。だけど、しばらくここに滞在し、言葉を交わした。ウォービーズという脅威があることも、老人子供ばかりで戦える人数が少ないことも知っていたのに、なぜウォービーズの時期に帰ってこなかったのか。

毎日ウィスパと魔法の訓練する日々が楽しくて、ウォービーズのことを思いだしもしなかった。

胸に苦い後悔が広がる俺に、カミラは何てことないように言う。

「それでも命があっただけ良かったんです。毒にやられていたらほとんど即死ですから。それに、今まで私この人に助けてもらってばかりだったから、この人の世話ができて嬉しいんですよ」

そう笑うカミラの髪は、艶がなく、服も手もボロボロだ。よく見れば目の下に隈まである。たしかにカミラにとってランディーは大切な人だろう。どんな姿になろうとも助けたい相手だろう。それでも、辛くないはずがない。

無理して笑うカミラの姿に自分が死にかけた時の両親を見た気がした。ベッドの横でことさら陽気に振舞っていたのは、今のカミラのように無理していたからだったのかもしれない。

そんなことを考えていたら、自然と声をかけていた。

「なぁランディー、お前、ここにその怪我が治るだろう薬があったら飲むか？　ちなみに、その薬は新米の薬師が初めて作った薬で、本当に効くかどうかわからない代物だ」

気のせいかもしれないが、ランディーの瞳に光が揺らいだ。そして、動きにくい顔を動かし、首を縦に振る。

カミラもそんなランディーを見て、震える声で言う。

「回復する希望があるなら何でもしたいわ。ゴラーさん……そんな薬があるんですか？　お金はすぐには出せませんが、必ずお支払いしますから、お願い」

聖魔法を使うことに、少しためらいはある。なんたって、ウィスパにしか使ったことがないのだ。

「金は要らねぇ。効くかどうかもわからないからな。あと、俺は先に聞いたぞ。うまくいかなくても文句言うなよ」

俺はランディーの家にあった紙にさらさらと魔法陣を描く。カミラは息をのみ、ランディーも目を見開く。

「天に御座す四柱の神々よ。願わくは悪しき物を祓い、清め、癒やし、守り給へ。命の泉に力を。傷を治し給へ」

キラキラと金色の光が舞う。どんどん魔力が流れていく。

ランディーの状態は、なるほどひどい。けれど、良かったとも思う。ウォービーズの毒だったなら、とうに死んでいた。どんなに腕のいい聖魔法使いでも死んだ人を生き返らせることはできないからな。

毒じゃなかったから、生きていたから希望があるのだ。

突如、ランディーが俺の手に触れる。

「ゴラー。そこまでだ。それ以上したら、倒れて、しまう」

いつの間にかやりすぎてしまっていたらしい。俺の額からは汗が噴き出し、気づけば息も上がっていた。だが、ランディーの足はまだ赤黒い。

「くそっ！　ダメだったか」

「いや、だいぶいい。ありがとう」

後ろからグスグスと洟をすする音が聞こえた。振り返れば、カミラが泣いている。

「貴方、言葉がっ、顔がっ……」

「あぁ。少しならしゃべれそうだ」

そう言って、ランディーはにやりと笑う。

少しは効果があったのかとほっと息を吐く。だが、これじゃだめだ。あいつが望んでいるのはちょっと痛みがとれるとかそんな話じゃない。あいつは村の一員として役割を果たせる体に戻りたいんだ。何度か繰り返しかければ治るだろうか。


その日はランディーの家に泊めてもらうことになった。

「何のおもてなしもできなくてごめんなさいね」

夕食を並べながら、カミラが謝る。今日の夕食は、焼いた肉と芋のスープらしい。

「いや、ランディーがああだと大変だろう」

品数も、肉の量も確かに多くない食事だが、俺は久しぶりの肉に喜んだ。しかも調理された食事らな。

だ。この1年魚ばかりだった上、魚を焼くか、木の実や果実をそのまま食べるしかしてなかったか

それに俺も急に来たのだから、歓待しろと言う方が無理な話だ。

「それにしても……村もボロボロだが、もしかしてウォービーズはここまで来たのか？」

その言葉にピクリと肩を揺らすカミラ。そして意を決したように俺をひたと見つめる。

「ゴラーさん。今回は宿になる家もボロボロですし、食料もあまりなく十分なもてなしができません。ランディーを助けてもらっただけでもありがたいのに図々しいのですが、それでも！　どうか……どうか私たちを助けてはくれないでしょうか」

あまりに必死なカミラの様子に事情を聴くと、1週間ほど前に嵐が来たらしい。ウォービーズの討伐で一人死に、ランディーは寝たきり。村で動けるのはケガから復帰したばかりの青年とカミラ以外は老人子供ばかり。

青年とカミラと老人、子供総出で2軒の家の補強をし、村人皆でその二つの家に避難したという。おかげで嵐による負傷者はいないが、村はいたるところに傷みがあり、どの家も修繕が必要だ。

畑も被害が甚大で、育てていた作物もそのほとんどが食べられぬ有様。

老人も、子供も総出で食料確保に動いている日々で、家や畑の補修などには手が回らず、村は荒れ放題になっているとのことだった。

俺は目の前のほとんど空になっている皿に視線を落とす。

確かに多くない食事だったが、その日その日を生きるために村人総出で食料を集めている状況で

これほどの料理……きっとその分誰かの食べる量が減っているはずだ。

そのことについて彼らは何も言わないが、その心遣いが嬉しかった。

食料確保に、村の立て直し。老人、子供ばかりでは確かに厳しいだろう。

こんなもてなしを受けたのだから、俺が手伝うことに否やはない。だが、俺はいずれこの村を出ていく身だ。このままだと俺が出ていけば、この村は簡単に立ち行かなくなるだろう。

やはりランディーを治すことが先決なんじゃないか？

もう一度かけたら治るのか、はたまた別の要因があるのか俺にはわからない。だけど、村を助けるというのなら、ランディーの復帰が必要不可欠に思えた。

それに、俺だってあんなランディーは見たくねぇ。


翌朝ランディーのもとへ行く。

ランディーは、上体を起こして待っていた。

「座るなんて、久しぶりだ。全部、お前の、おかげだ」

まだ少したどたどしいが、昨日に比べて随分話せるようになっている。

今日も早速ランディーに聖魔法をかけようとするが、ランディーの体に近づけた手は、ランディー本人の手によって押しとどめられてしまった。

「カミラが、話したと思うが、今、村はお前を、必要と、している。俺は、いいから、村を助けてくれ。頼む」

「あぁ聞いた。だから一緒にやろうぜ。俺がお前を治してやる。だから一緒にやるんだ」

ランディーの返事も聞かずに聖魔法をかける。昨日同様、金の光が舞い、昨日同様ランディーからストップがかかる。

結果から言うとランディーは治らなかった。

もう一度かければ治るかと思ったが……。なぜ治らない？


その日の午前中は、ランディーの家でダラダラと魔力回復に努め、午後は狩りに行った。

狩りをしている間も考えることは、聖魔法のことだ。

何をやっても治らないのか？　それとも俺の経験が足りないからなのか？

そんなことをグルグル考えながら狩りをしていると村の方から誰かが叫びながら走ってくる。

「ゴラー！　ゴラー！　親父が！」

必死の形相で走ってきた子はランディーとカミラの子ロイだ。ロイと共に急いでランディーの家へと戻る。そこには激しく痙攣するランディーがいた。

「天に御座す四柱の神々よ。願わくは悪しき物を祓い、清め、癒やし、守り給へ。命の泉に力を。傷を治し給へ」

即座に呪文を唱える。いつもと同様に金色の光が舞い、痙攣は止まった。

なぜだ！　少しは治ってきたんじゃなかったのか。

全く治っていなかったのか？

「ゴラー、助かった。昨日から、すまんな」

「いや……俺こそ悪かった。大口たたいたくせに何もできてない」

本当にそうだ。治す、治すと言いながら全く何も役に立ってない。

「何をしてきたか、知らんが、たった1年ちょっとで、付与魔法まで、使えるようになっているんだ。すごいじゃや、ねーか。ずっと魔法陣を、使ってきたってのに、俺はまだ初級の域を、出ないからな。ちょっと悔しいぜ」

「あ？　付与魔法だ？」

俺がしたのは聖魔法だ。何言ってんだ？

いや、待てよ。聖魔法なんて言葉はどの本にもなかったな。本当に聖魔法は付与魔法なのか？

「ご存知ありませんでしたか？　と言っても、私たちに伝わっている知識も多くは失われ、限定的なものですが、たしか怪我を治す魔法は付与魔法だったはずです」

聖魔法が付与魔法？　もし、それが本当ならまだ可能性はあるんじゃないか!?

急に考え始めた俺にあっけにとられた二人だが、1拍置いてカミラが笑いだす。

「ゴラーさん、追い込まれると力を発揮するタイプなのね。さっきも魔法陣を使わずに魔法を使えていたし。魔法陣なしで魔法を使うなんて熟練の魔法使いみたいだわ」

そう言えば、魔法陣を描くの忘れていた。魔法って魔法陣がなくても使えるのか？

その夜カミラの用意してくれた布団に横になりながら『付与魔法の全て』を読みなおす。ランディーの言葉で思いだした。確かここら辺にポーションについて言及があったはずだ。

あった！

『また、ポーションも適切な素材と魔力を調和させた飲み物であるため、製作者の力量次第で品質が変わる。

なおポーションに消費期限があるのは、素材そのものに魔力が付与されているため、素材が劣化するほどに魔法効果も共に消失してしまうからである』

ポーションは聖魔法使いのみが作れる。そのポーションが付与魔法だというなら聖魔法もきっと付与魔法だ。なんでこの文を見逃していたんだ。

全く……俺も変わったと思っていたが、変わってねぇな。カミラの言う通り、必要に駆られないと身につかねぇ。

もう一度この本を読みなおさないとな。

「付与魔法は、大前提として適切な素材を適切に処理する必要がある。中には素材によらず、己の魔力だけで付与を行うものもいるが、その付与方法は魔力消費が激しく、効果も低い……か」

本の文章を声に出し、考える。つまり、俺のした聖魔法は魔力消費が激しいわりに効果が低いものだったということだ。

ということは、ランディーの奴を治すには、適切な素材が必要なはずだ。

怪我ならとりあえずヤローナ草か？　ヤローナ草なら、扱い方もわかる。

だが、痙攣はどうする？　何か痙攣に効く薬草なんてあったか……。いや、きっとそうじゃない。痙攣というのは症状だ。つまり、体に悪いものが入った結果そうなっているってことだ。

ウォービーズの毒であればアマルゴンだろうが、今回はそうでない。何の毒か明確にわからないなら、毒消し草とも呼ばれるホルティィナがいいだろうか。

ヤローナ草もホルティィナも生命力が強く、結構どこにでも生息しているからな。ここら辺でも見つかるのではないだろうか。


翌朝、カミラに村の薬草を見せてもらったが、嵐のせいで補修した2軒の家以外には、雨が入り込んでおり、使える状態の薬草はほとんどなかった。

ないのなら仕方がない。探しに行くだけだ。

ロイとともに山へ薬草を探しに行く。一人でも良かったんだが、薬草採集のついでに狩りもしようということで、ロイが小さな荷車をロバに引かせついてくることになったのだ。

薬草を探しつつ、途中で見つけた兎や鳥を狩っていく。と言っても、出合った兎は1匹で鳥は全てロイが弓で仕留めているんだが。つまり、ほとんどロイが狩ったということだ。だが、しかたないだろ。俺の得物は剣だから、空を飛ぶ奴は届かないんだ。

ヤローナ草は、ロイが生息地を知っているというので、あっさり見つかった。

問題はホルティィナだ。ホルティィナという植物を村の奴らは知らなかったから一から探さなければならない。

ホルティナは、地面にほど近い場所に蔓延る薬草で、抜いても、抜いてもすぐに生えてくる生命力の強い草だ。だから、あたり一帯ホルティナだらけということもある。そんなホルティナは長い花芯の周りに小さな白い花びらが前後左右に4枚ついている素朴な可愛さのある花を咲かせる。だいたいは、少し暗く、ジメジメと湿っているような場所によく咲いている。

だから、あればすぐにわかるはずだ。

ロイにジメジメした場所を聞けば、滝の近くは湿っているという。

他に当てもないので、滝へと向かうことにした。


あたりが涼しく、湿った風が吹き始め、滝の近くに来たことを知る。それから程なく木々が途切れ、視界が開けた。

開けたと同時に目に飛び込んできたのは一筋の滝。

「天から垂らされた1本の糸……。ここだったのか」

カイルの『カラヴィン山脈縦断記』に描かれた滝の描写。俺は虹の谷への憧れが強かったからまっすぐ山頂を目指し、滝を探しもしなかったが、ここで見られてよかった。

崖の上から落ちてくる水は白く、その水の落下を妨げるものは何もない。上から下までまっすぐに落ちてくる様は、なるほど天から垂らされた糸だった。

落ちてきた水はそのまま川となり、流れていく。確か本によればここに魚がいたはずだな。川を覗き込むと本にあった通り魚が沢山泳いでいた。

よし。ホルティィナ探しが終わったら、魚でも捕まえて帰ろう。

滝に魚と『カラヴィン山脈縦断記』の世界にどっぷりつかっていると、遠くでロイが呼んでいる。

「おーい。ゴラー！　ホルティィナっていうのはこれか？」

ロイは滝壺の右手にいた。滝からはあまり離れておらず、かつ木々が鬱蒼と生い茂り、日中も日が少ししか入らないような場所だ。

ホルティィナの生息する場所としてはばっちりだな……そう思いながら、急いでロイのもとへ向かう。

ロイに近づくにつれ、ロイの周囲に白い花が咲いているのが見える。そして、ロイのもとまで辿りつくと屈みこんで、花を見た。

ホルティィナ特有の前後左右十字に花びらをつけた白い花だった。

「あぁ。これがホルティィナだ。あとはこれがお前の親父に効くのを願うだけだな」

ホルティィナを採集した後は、川の魚を捕まえまくって帰路についた。別に、ロイに得物の数が負けているのを気にしたわけじゃない。

昨日は俺のせいで食事が少なくなっただろうからな。そのお返しみたいなもんだ。

村に戻ると早速、ホルティィナとヤローナ草の処理をする。ロイは、今日使わない分を洗って干し、俺は今日の分を洗い、葉をより分けたり、擂り鉢で細かく砕いたりだ。

まずは、ヤローナ草に命の呪文を付与し流しながら、擂り鉢でゴリゴリと細かく砕く。ピカっと一瞬光り、キラキラと煌めく粉末ができた。それに、カミラにもらった油を混ぜ込む。混ぜて、混ぜて、粘り気が出てきたら完了だ。

ホルティナの方は正直適切な処理なんてわからねぇが、ホルティナで処置を受けたことはある。すずらんの実を食った時だ。治癒師の後に来た薬師のおっさんがホルティナを小さく砕き、それを湯とともに飲んだんだ。独特の香りがあって俺は嫌いだった。

そんなことを考えながら、ホルティナに癒やしの呪文を付与しながら砕く。ヤローナ草の時と同様ピカっと光って完了だ。出来上がったホルティナを煮だす。あぁ、そうそうこの香りだ。

出来上がったヤローナ草の薬とホルティナの茶と一緒にランディーの部屋へ向かう。

俺は柄にもなく緊張してきたので、ふっと息を吐く。カミラもロイも心配そうに見ている。

「カミラ、傷口にこれを塗ってくれ。ランディーはこれを」

カミラにヤローナ草で作った薬を渡し、ホルティナ茶の器をランディーに渡す。

やせ細ってもさすが熊男。美味くないだろうに、顔色一つ変えずに飲み干した。カミラも薬を塗り終わったようだ。

「じゃあ、やるぞ」

ランディー、カミラ、ロイの顔を見回す。

「あぁ。頼む」

「天に御座す四柱の神々よ。願わくは悪しき物を祓い、清め、癒やし、守り給へ。命の泉に力を。

傷を治し給へ」

前回同様キラキラと光るが、なるほど魔力消費が少ない。これはまだまだかけられるぞ。

息をのんだのは、カミラだろうか？

よく見れば、少しずつランディーの足の赤黒さが消えてきた。

最初に聖魔法をかけた時の倍の時間魔法をかけ続けたころ、ランディーからストップがかかった。

「ゴラー。そろそろ魔力が底をつくはずだ。この辺でやめておけ。ありがとう。凄く息がしやすい、それに……。ロイ、ちょっと来てくれ」

途中で言葉を切るランディー。呼ばれたロイは目に涙を浮かべ、ランディーの側へと駆け寄る。

「親父……？」

駆け寄ったものの、声もかけないランディーにロイは「どうした？」と聞かんばかりに問いかける。

だが、ランディーはロイの言葉を遮り、意を決したように、ロイの手を握り、肩を掴む。

そして、よっこいせと立ち上がった。

それは、まるでよぼよぼのジジイみたいな立ち上がり方だったが、怪我後初めて二本の足で立てた瞬間だった。

「ランディーー！　あぁ……良かった。本当に良かった。ゴラーさん、ありがとう。なんとお礼を言っていいのか……ありがとうございます」

「ゴラー。本当にありがとう。またこの足で立てるなんて思ってもみなかった。ありがとう。なんだ、ロイ。お前泣いているのか？」

ランディーの言葉を受けて、ランディーを支えるロイを見やれば、うつむき、肩を震わせている。

「うるさい。こういう時は、見ないふりするもんだろ！」

ランディー一家の喜びを見て、俺も息を吐く。良かった。うまくいった。

あぁ、親父やおふくろには悪いが、すずらんの実で死にかけてよかったと思っちまった。

すずらんで死にかけたからこそ、俺は必死に植物の勉強をしたのだから。

それと同時に俺が回復した時の親父たちの喜びようも思いだす。

もし、俺が生きていると知ったら親父たちは喜ぶだろうか。

その問いの答えは、長い間否だったが、喜び合うランディー一家を前に俺は漠然と「喜ぶだろう。なんせ家族なのだから」と思った。

その日の夜、村は久しぶりの活気を見せた。

あの怪我からずっと寝たきりだったランディーが自分で歩いて、家の前に出てきたからだ。その後はずっと座ったままだったが、村人たちは大喜び。

さらに、昼間に取った大量の魚も浮かれた気分に拍車をかけ、その夜は小さな祭りのようだった。

ランディーは日に日に回復した。あのあともう一度魔法をかけて、怪我自体はもうすっかり治っている。

だが、魔法は長い間寝たきりだった男の筋肉と体型までは戻せない。だから、ランディーは少しずつ食事量を増やして体力を戻さなければならない。

ランディーの食事はカミラが具材を小さく切った胃にやさしいスープから始まった。

それと同時に体を動かすことも始めた。最初は起き上がることさえ介助が必要だったが、最近は自分で身の周りのことができるだけの体力と筋力をつけてきた。

戦ったり、村の仕事をしたりするにはまだまだ不十分だが、ランディーの目は力強く、そう遠くない未来に熊男に戻っている気がする。

俺はというと、ロイと一緒にまたあの滝に来ていた。村の周辺は空を飛ぶ鳥以外、あまり狩れるものがないのだ。つまり、俺には捕まえられる得物が少ないということだ。

魚なら、島での経験から捕まえるのも得意なので、それで滝へとやってきたというわけだ。

滝の周りには、でかい岩がごろごろ転がっている。その風景を見てピンと思いつく。

ここの石で家を作ったらいいんじゃねぇか。石造りの家……。いいじゃねぇか。

ウォービーズが来ても、嵐が来ても、石で作れば頑丈だから安全だ。

冒険者になりたての頃、城壁補修の仕事を手伝ったことがある。確か石を互い違いに積むんだ。

いや、あれは結構大変だった。いろんな形の石を積むのも、重い石を運ぶのも。やめだ、やめ。

合間に小石も詰めて……。

「ゴラー！　どうしたんだ？」

急に黙り込んだ俺を不審に思ってロイが尋ねてきた。

「あぁ、この石で村を作ったら頑丈だなと思ったんだがな」

大変だからあきらめたと言う前にロイが、目を輝かせて聞き返す。

「それって！　城ってこと？」

どうして城になった？　そんなわけねぇだろ。

なんで俺が城を作らねぇといけねぇんだ。こんな山奥に城なんて要らないだろ。

「城って見たことないんだよなぁ」

ロイの話はまだ城から離れない。だから、つい言っちまった。

「お前らの村に城は必要ねぇだろ。要るとしたら嵐からも、ウォービーズからも守ってくれるような砦だろうが」

はぁ、今思えば完全に失言だった。

なぜかって？　翌日には、この会話が村中に広まっていて、俺が砦を作るのが確定事項になっていたからだよ！　全く、ロイの奴め。口が軽い。

そういうわけで、翌日からも滝通いが続く。もちろんロイも一緒だ。

作るつもりもなかった砦を作る羽目になり、俺の機嫌は悪いようで、良い。

砦を作るつもりはさらさらなかったから、その点は面倒なのだが、今まで誰かに頼られたことなどなかったから、なんだかこそばゆいような気もする。

家を出たあの日、家族というつながりがなくなり、一人気ままになった俺には、頼る人もいなかったが、逆に言えばこうして頼りにされることもなかったのだ。

思えば、カミラから「助けてほしい」と頭を下げられた時に損得など考えずに助けようと思ったのも、そういう理由かもしれない。

きっと俺は誰かに必要とされたかったのだ。

この山に来て、あの島に飛ばされて、俺らしくない事ばっかりだ。

そんなことを考えながら材料となる岩を切り、横に積み上げる。

考え事をしていたのが良くなかったんだろう。

「あ、やべっ」

集中が途切れたのか、操作が狂い、風で運んでいた岩がそのまま滝の方へ飛んでいく。

ドゴォンとものすごい音が響き、滝を流れる水があたり一帯にとびちる。衝撃がデカかったのかその水の量は、もう大雨のそれだ。そして滝の方をよく見ると、滝の真ん中に岩が刺さり、岩のある地点から、二筋に分かれていた。あぁ、やっちまった。

天から垂れる一筋の糸が二筋になっちまった。

「なぁ、ゴラー。これ、滝が崩れないか？」

そうロイが聞いてくるが、俺もちょっとそう思う。突き刺さった岩の周囲に、メリメリと亀裂が生じていたからだ。この滝が壊れたら……もしかして村に大ダメージなんじゃないか？

背中にじんわり嫌な汗をかく。やべぇ。

ない頭に鞭打ちながら必死に考えたが、全然良い方法が思いつかない。

「くそっ。壊れなきゃいいんだろ！　地（ティエラ）」

地魔法で亀裂が入った部分を補強していく。どれだけ土を使えばいいかわからなくて、やりすぎなくらい土を盛る。

「おぉ！　ゴラーすげぇ」

隣でロイが感心している。その声でふっと気が抜けて、もう一度よく滝を見ると、亀裂などもうなく、まるで初めからその形だったかのようだった。

「これくらい補強しとけば大丈夫か」

ふーっ。自分のミスのせいとはいえ、疲れたな。

地面に座り、滝を見あげる。そこには二筋に分かれ、1段、2段と緩やかに流れ落ちる滝があり、どう見ても1本の白い糸とは言えなかった。

「悪いなカイル。お前の見た景色、ぶち壊したみたいだ」

何度も『カラヴィン山脈縦断記』を読んだ身として若干景色が変わってしまったことを残念に思っていると、滝の方から無邪気な声が聞こえた。

「ゴラー！　きてよ！　すごいぞ」

何だよ……とは思いながら、気になってロイの方へ行けばそこは俺がさっき土を足して補強したところだった。

ぶっ刺した岩の周辺しか見ていなかった俺は、ロイに促され滝の側に来てもう一つのミスを悟る。岩の周辺しか補強していなかったから、補強が途中で終わり、一番下の地面まで土を足していなかったのだ。

「しまった。ここを……」

「待って、待って。ここは埋めるな！　ほら、こっち見て！」

魔法を使ってさらに補強をしようとすると、慌てた様子でロイが止めに来る。何を必死になっているのかと疑問を抱きながら、ロイの指し示す方向を見て驚いた。

滝が裏側から見えるのだ。すげぇ。なるほど。俺が補強した土が屋根になっているのか。

「な、すごいだろ！　ゴラー。ここは残そうぜ」

こうして、俺とロイは意気揚々とこの滝を残すことにした。カイルが見たという天から垂らされた1本の糸よりすげぇ景色になった気がする。もし、カイルという奴が生きているのなら、自慢してやりたいもんだ。

その後も俺とロイは滝に通い続け、岩を割り、運び、滝で遊び、魚を取った。

半月もするとランディーの調子もだいぶ良くなってきたので、ランディーも一緒に来るようになった。まだ戦うとまではいかないが、日常生活には全く問題がなくなったようだ。

村の方も少しずつ立ち直ってきた。俺らが砦を作っているからボロボロの家はそのままだが、カミラと青年、老人、子供たちが手分けして畑を耕し、再び種を植えているのだ。

砦はその畑の近くに作ることにした。

半月の間、俺とロイが準備してきた岩をランディー主導で積み上げていく。

ロイが地面に線を引き、親子で顔を突き合わせて、あれやこれやと話し合い、俺に指示を出す。

俺は、風魔法を使って、指示されたところに岩を積み上げる役だ。

音頭を取ってくれるのはありがたいと任せていたが、出来上がったものはこんな山奥に不相応なくらいちゃんとしていた。

四隅に見張りの塔まであるんだぜ。本当に砦じゃねーか。


砦ができると引越しだ。

石造りの砦自体に部屋もあるから、一時的にみなその部屋で寝起きしているが、今後はこの砦の内部に今までのような木製の家を建てる。確かに砦の部屋だけだと手狭だからな。

砦が本当にできたことで、村にまた活気が戻ってきたように思う。希望ができたのだ。

ランディーが回復したのも大きいだろう。ランディーはまだ熊男とは呼べない体だが、ちょっと細身の健康な青年だ。今まで村を守ってきた奴が村の再建の音頭をとっているのだ。

希望がわかないはずがない。

そうして、村が順調に立ち直ってくる様を見て、チクリと胸が痛む。

村が危機だった時は、俺がやるべきことはたくさんあった。

だが今は？　俺なんかいなくても大丈夫じゃねぇか？

そんな思いが頭を占めようとしたところで、すぐに思いなおす。

いや、それは本来いいことのはずだ。俺は元々この村の人間じゃない。いつかは出ていく人間なのだから。

そんなことをグルグル考えている時だった。ランディーが隣に腰を下ろした。

「なぁゴラー。お前さえよければ、お前もこの村で暮らさないか」

「は？」

どこの町にとっても俺は出ていく人間だと思っていたから、その申し出に虚を衝かれた。

「答えは今すぐじゃなくていい。お前がいてくれると村が助かる……。いや、違うな。みんなお前がいなくなると寂しいんだと。もちろん俺もだ。もう俺たちは、お前のことをただの客人となんて思えない。大事な俺らの仲間だからな。とはいえお前にも事情があるだろう。出ていくというなら仕方ないが……。考えてみてくれ」

俺はここ数ヶ月村で過ごした日々を思いだしていた。ランディーの弱った姿、荒れ果てた村を見た時、俺は確かに他人事だなんて思えなかった。

砦を作るのも不本意ではあったが、村の役に立てたのは意外にも心地が良かった。

ランディーはもうここにはいない。あいつは言うだけ言うと帰っていったからだ。

一人ふっと息を吐く。

どうするかな……。


その夜俺は砦の外で剣を振る。剣先だけを見て、まっすぐに。ここに残るべきか、行くべきか。

俺の心は揺れている。いや、揺れているんじゃない。どうすべきか皆目見当がつかないのだ。

はっ、はっ。もう何回剣を振っただろうか。

自分の魔力に気が付いたときのように、ふと思い浮かぶ顔があった。

それは死にそうになった俺を必死に助けようとしてくれていた親父の顔、そして、必ず戻ると約束した竜だった。

そうだな。約束したんだ。あの島に戻ろう。俺の決意が固まると同時に、俺の心に居場所ができた時だった。


翌朝早く、ランディーに村を出ることを伝える。

「そうか。だが、その恰好、まさか今から出るのか？」

すべての荷物を持った姿だから、そう思っても仕方ない。

「あぁ。もう俺がいなくても大丈夫そうだしな」

ランディーは出発前に宴をと思っていたようだが、俺は湿っぽいのは苦手なんだ。

今まで通りサクッと村を出ることにした。まぁ、何も言わずに出て言ったら、あいつらそこら中を探しそうだから、ランディーだけには伝えに来たのだ。

若干の寂しさを感じながら、砦の入り口をくぐり、歩き始める。

「ゴラー！　いつでも帰って来いよー」

「気をつけるんだぞー！」

後ろから声が追いかけてくる。振り返れば、村の奴らが入り口や砦の見張り台から手を振っている。

湿っぽいのは苦手だったが……そうだな、また帰ってくると思えば気楽だな。

「おう！　お前らまたな！」

砦から歩くこと数日。

事前にランディーに聞いていた通り、町が見えてきた。といっても、そこもまだ山の中、それほど大きな町ではない。まぁ、あの砦の村よりは数十倍大きいが。

町に入り、最初に出会った男に聞く。

「すまんが、ここで紙を買えそうなところはどこか教えてくれないか？」

「旅の人かい？　悪いが、こんな小さい町だと紙は扱ってないなぁ。2、3ヶ月に1度行商人がやってくる。紙だとか、薬だとか、布だとか糸だとかはそこで買うんだ。多分もうすぐ来る頃だと思うが……」

そうか。小さい町だからな。もうすぐ来るというなら、何日か待つか。

俺は男に教えてもらった宿屋に部屋を取る。待っている間は、朝は町の外で剣を振って訓練し、夜は部屋で魔力操作の練習をした。

ちなみに宿屋の隣の居酒屋の飯は本当にうまかった。特にパンだ。ランディーたちの村でも大変な時期ということもあり、芋ばかりでパンは食べられなかった。だから久しぶりに食べるパンが美味しくて仕方なかった。

行商人がやってきたのは、俺が来てから二日後だった。なかなか運がいい。

宿屋の主人が教えてくれたので、広場へと向かう。広場は人が群がり、活気があった。きっと町中の人が出てきているんだろう。

「おじいちゃん！　この小さいお洋服なぁに？」

「おっ！　そりゃいいのに目をつけたね。これはお人形に着せるドレスなんだよ。ここが紐になっているから、多少大きいお人形さんにも使えるよ」

商人の爺さんは小さなドレスを手に持ち、説明している。子供好きなのか商人の爺さんは膝を曲げ、女の子の視線に合わせ、にこにこと楽しそうに話している。

女の子は母親に人形のドレスをねだっているが、値段が高いので母親は渋っているようだ。話しているうちに一人、また一人と女の子とその母親が集まってきた。

「お嬢ちゃん、このドレスを買うより実はもっといい方法がある。これはこのドレスの作り方なんだけど、これを買ったら、お家にある布でお人形さんにこの形のドレスを作ってあげられるし、何枚も作ってあげられるよ」

その説明を聞いて、ざわめくのは母親たちだ。相談し、皆で一つの作り方を買うことにしたようだ。母親も女の子たちもみな楽しそうだ。

その光景を見て、俺はいつか聞いた親父の言葉を思い出した。

『商人は人を幸せにする。だから俺は商人になったんだ』と親父は言っていたが、確かにそうだな。

ピンクの布でドレスを作ろうか、いや青にしようかなどと楽しそうに母親と話す女の子の顔を見て思う。

あの子は買った今この瞬間だけじゃない。家に帰った後何色のドレスを作るのか悩むときも幸せで、母親がドレスを縫ってくれるのを隣で見るときも幸せで、あの子が持っている人形に着せるときも、それで遊ぶときも幸せなんだろうと。

そして母親もきっと同じだろう。女の子が大きくなり、人形に見向きもしなくなった後でも、嫁いでいった後でも母親はきっと思い出すのだ。そのドレスを見るたびに幸せそうに遊んでいた娘のことを。

人形の話が一段落したところで、俺は商人に話しかける。

「爺さん、紙はあるか？」

そう尋ねた俺を見て、商人の爺さんは動きを止めた。髪に白いものが混じり、背も少し曲がっている爺さんだ。

爺さんは動きを止めたまま、ずっと目を見開き、俺を見つめ続けている。

この爺さん……耳が聞こえてねぇんじゃないか？

「おーい、爺さん聞こえているか？」

おかしいな。さっきは普通に女の子たちと話していたと思ったんだが。

爺さんが止まっているので、もう一人の若い商人が対応してくれる。

「もちろん紙もあるよ。どれだけだい？」

出してくれた紙の束を見て、金を出す。

「これで買える分だけ頼む」

紙ってのは、手が届かないほど高いわけじゃないが、まぁまぁ値が張る。本当はもっと欲しかったが、俺の持ち金だと少ししか買えなかった。

無人島で生きていくなら金なんか要らねぇが、こうやってこっちにも戻って来られるようになったのだから金も稼がねぇとな。

そんなことを考えながら、宿を出て、町を出る。金もねぇし、さっさと島に帰ろうと思ったわけだ。

とはいえ、転移を誰かに見られたら困るから、俺は町を出て山奥へと歩を進める。

人がいない方へ、行かない方へ。だが、一つの魔力が俺を追ってくる。これは、偶然じゃないな。

「なんの用だ」

振り返り、殺気を放ちながら、問う。追ってきていた男は、さっきの行商人の爺さんだった。

「あ、あの……、もしかしたら、あなたは……。あなたはゴ、ご覧になっていた紙をもっと欲しいのではないですか」

なんだこの爺さんは。ここまで追ってきて、商売熱心だな。

爺さんは殺気でうまく話せないようなので、殺気をおさめる。

「そうだが、手持ちはあれだけなんだ。悪いな」

「やはり、そうでしたか。先程の殺気といい、腕の立つ方とお見受けしました。良ければ、私どもを次の町まで送り届けてくれませんか？　次は西へ1週間ほど行ったところです。そこまで送っていただければ、その報酬を紙でお支払いします。もちろんお金が良ければお金でお支払いします」

1週間爺さんを護衛するだけで紙を買えるのか。俺にとっちゃ随分いい話だ。

だが、この爺さんはここまで護衛なしで来たはずだ。それなのに、わざわざ頼むとは何か裏があるのか？　でもまぁ、いいか。さすがにこの爺さんに負けるわけもないし。

「よし、いいぞ。じゃあ1週間よろしく頼む」


爺さんたちはロバに荷車を引かせながらのんびり歩く。

特にどうこうってわけじゃない。ただ、爺さんが一緒だからかやたらと休憩が入る。

夜は俺が焚火の前に一人残る。護衛だからな。俺が見張りだ。

「ゴラー君」

「なんだ。爺さん寝たんじゃなかったのか。あと、君はやめろ。ゴラーでいい」

「わかった。ゴラー、一杯くらいどうかと思ってね」

そう言って爺さんは、酒瓶を軽く持ち上げた。

「そりゃいいねぇ」

あくまで俺は護衛だからな、一杯しか飲めねぇが、気の利く爺さんだ。

爺さんと他愛ない話をしながら、ちびちびと酒を飲んだ。


翌日も、ロバに荷車を引かせゆっくりゆっくり進む。昨日一日でわかったのは、爺さんのスキルは火で、若い商人は地だということ。爺さんは、若い商人とも長い付き合いではなさそうだということだ。

若い商人曰く、爺さんは人を探しているらしい。もともとやり手の商人だった爺さんは、あっちこっちの行商人についていって、商売を手伝いつつ人を探しているんだとか。

「いや、本当にすごいんですよ。勉強になるんで、正直ずっと一緒にやっていきたいくらいなんですけどね。一応次の町までの約束なんで、そこからまたどこかの行商人についていくんじゃないですかね」

若い商人はそう言っていた。

なるほど。あの年で行商人をやっているのには、そんなわけがあったのか。やり手だというなら大きな町に店でも構えられそうなものを。それだけ大事な相手ってわけか。

その夜爺さんは昨夜同様、酒瓶を持ってやってきた。

そして次の日も、そのまた次の日も爺さんは夜酒瓶を持ってやってきて、他愛ない話をしながらちびちび飲んだ。

あっと言う間に六日経ち、明日には約束の町につく。今日が最後の夜だ。

もちろん爺さんは酒瓶を持ってきた。だが、今日の顔は、ちと硬い。

その変化に気付かないふりをしながら、いつものように他愛のない話をしながらちびちび飲んでいる。爺さんはまぁまぁ飲んでいる。いつもよりペースが速い気もするが、止めたほうが良いだろうか。

「ところでゴラー、お前さんは学者連中には見えないし、何だってそんなに大量の紙がいるんだ？」

「あ？　いいだろ、別に」

「なんだ。恋文か？」

茶化してくる爺さんに、そんなんじゃねぇと否定する。だが酒が入った爺さんはたちが悪く、否定しているってのに、恋文だろとうるさい。

「俺は家無し、金無し、家族無しだ。愛だの、恋だのなんてのはよくわかんねぇんだ。悪いな」

俺の答えに、爺さんは急に黙り込む。そしてたっぷり沈黙した後、気まずそうに聞いてきた。

「お前さんは……今、幸せなのか」

「さぁな。だが、最近はちょっと面白れぇ。植物の観察をしているんだが、知らねぇものを知るのは結構面白いもんでよ。それで、気づいたことなんかを紙に記しているってわけだ」

爺さんがあまりに真剣に問うものだから、つい答えてしまった。

なんで何の関係もねぇ爺さんに真面目に答えているんだか……、まぁ関係ないからこそ話せたともいえるが。そんなことを考えていたら爺さんが笑って話し出す。

「そうか。知るってことはいいことだ。金は使い方を間違えればあっという間になくなっちまうが、知識は裏切らない。使えば使うほど深く広がっていくからな。将来きっとお前さんの助けになるだろうよ」

は？　何言ってんだ、爺さん。その言葉は……。

その言葉は、親父が言っていた言葉じゃねーか。

風が吹き、目の前の靄を吹き飛ばしたような気がした。

靄が晴れれば、目の前の爺さんは……まぎれもなく親父だった。

「親……父？」

すっかり老け込んでわからなかった。だが、親父だと気づいたら爺さんのいたるところに親父の面影を感じる。

いつの間にか立ち上がり、驚く俺を見て、爺……いや、親父は目に涙を溜めて言った。

「やはりお前だったか。よく……よく生きていた！」

その後の親父は号泣だ。俺か？　俺は混乱していた。

親父と再会できて嬉しいとかそんなことよりも、当たり前だが昔より年老いた親父に驚き、大きな町の表通りに立派な店を構えていた親父がなぜこんな山奥の町へ老体に鞭打って行商しなければならないのかと疑問がわき、それが俺を探すためだったということに思い至り、罪悪感とさらなる疑念がわいた。

俺、家族のお荷物じゃなかったのかよ。商会はどうしたんだよ。あれは親父の誇りじゃなかったのかよ。

そんな疑念がわいたからか12年ぶりの再会で親父は号泣しているというのに、俺ときたら最初に口をついて出たのは店のことだった。

「何やってんだよ!?　店はどうしたんだよ」

「店なんてとっととお前の兄貴に譲ったわい」

聞けば、兄貴が継げるようになるまでは親父は月に1度まとまった休みを取るようにして、故郷の町、その隣町、そのまた隣町としらみつぶしに探したそうだ。

商会の伝手で俺の肖像画を配り、見つけてもらうよう頼んだりもしたらしい。それでも見つからないため、さっさと商会トップの座を譲って、委託している行商人と旅しながら探し歩いていたらしい。

一瞬でも家族に殺されるかもと思った俺が馬鹿だった。どんなに遅くなっても帰ればよかった。

「親父……。悪かった。俺、あの時家にいたくなくて。こんな長い間家を出ることになるなんて思ってもなかったんだ」

いつの間にか俺も泣いていた。親父はまるで小さな子供にでもするように俺の頭をわしゃわしゃと撫でた。

「過ぎたことだ。なに、生きているだけで、生きていただけでそれでいい。よく生きていてくれた」

それから俺は話し始めた。

6歳の時の家出、そのまま誘拐され、殺されそうになったこと、山や森で息をひそめて暮らしていたこと。スキルを隠し、名前を変え、今は冒険者として暮らしていること。

「そうだったのか。本当によく生きていてくれた。今の話を聞いて思いだしたが、お前がいなくなってから数ヶ月、家の周りに変な奴らがうろついとった。あれはお前を探していたんだろう。タイミング的にもおそらく、お前のスキルのせいだろうなぁ。私たち家族は心配したし、寂しく思ったが、結果的にお前は帰ってこなくて正解だったのかもしれん」

ライブラリアンであることは、教会のスキル鑑定を受けて分かったことだ。鑑定は個別の部屋でするわけでもない。あの場にいた誰もが知ることだったし、そこからまた聞きした誰かが殺そうとしたのかもしれない。

「ライブラリアンは役立たずと思われているから、過激派が排除しようとしたのかもしれんな」

スキル鑑定を作った英雄王エイバンには一人の兄がいた。その兄というのは民から不満が噴出するほどの悪評の持ち主であり、ライブラリアンだ。

会議や政務をすっぽかしてまで本を読みふけり、読んでいる間は誰の言葉も聞こえない。

最後は、「静かな地で本を読みたい」とかなんとか言って、第一王子だったくせに王族をやめて出て行ったという。

そんな昔の王子のせいでライブラリアン＝役立たずという図式が出来上がっているのだ。

そして、過激派というのはエイバン王のように役に立つスキルを持つ者こそ優れていると考える輩で、スキルこそが人の優劣を決めると考える彼らにとってライブラリアンはゴミ屑みたいなもんだ。

なるほど。過激派のせいとは思いつかなかったなぁ。

「ところで、ゴラー。家も金もないなら、うちに帰っては来ないか。母さんもお前の兄貴たちも誰一人お前が死んだなどと思っとらん。いつかひょっこり帰ってくると思っている。今のお前には小さいだろうがな、母さんなんて、帰ってきたら新しい服が必要だろうとせっせと子供服を作っとるんだ」

おふくろの中で俺の姿は6歳で止まっているらしい。それでも、帰ってきても良いと言われて長年心に溜まっていた「家に戻ることは家族にとって迷惑なのではないか」という心配や不安が薄まった気がした。

だが、同時に思い出すのは島でたった1匹過ごす白い友、そしてあの島の植物だ。家に戻ればウィスパとともにあの島で研究はできないな。

「親父。ありがとう。だけど俺、今やりたいことがやっと見つかったんだ。だから家には戻れない」

親父はわかっていたようだが、残念そうだ。

「だが、近いうちに家を訪ねるよ。お袋にも兄貴たちにもちゃんと会いに行く。いいか？」

「もちろんだ！」

そう言って親父は破顔した。先程まで号泣していた顔でだ。もう泣いているのか笑っているのかわからないほどくちゃくちゃになった顔は、昔俺が死の淵から戻った時に両親がしていた顔であり、ランディーが治った時のカミラやロイと同じ顔だった。

翌日約束していた町につくと、俺は報酬の紙をもらってすぐに島へ引き返すことにした。

親父はもっと一緒にいたそうだったが、ウィスパも気になるし、これ以上一緒にいると別れ時がわからなくなりそうだった。正直、12年ぶりの親父とどう接すればいいかわからなかったというのもある。

親父は、ライブラリアンであることも知っている。だからというわけではないが、転移も見られてもいいかなと思う。ま、ほら、家族だしな。

親父が見送ると言うので、親父とともに山の奥へと入っていく。一緒に行商していたあの若い商人とはもう別れたそうだ。

これから、親父は俺のことを伝えに一度故郷へ戻るという。1ヶ月くらいはかかるだろう。次に会うのは、親父が故郷に戻った頃だ。

「紙が必要だというのなら、いつお前が来ても渡せるように家に準備しておこう」

親父は俺のしていることを全面的に応援するという。

「いいのか？　俺がやっていることなんて金にはならんぞ」

あの島の植物を観察して、まとめているだけだからな。

「まぁ、金にならんと思われていたものもひたむきに情熱をかければ時折すごい花が開くもんだ。それに、親が子供に期待して何が悪い」

そう言って親父はちょっと照れ臭そうに笑った。

その後も他愛ない話をしながら山の奥へ、奥へと進んでいく。もうずいぶん前から人の気配はない。どちらからともなく立ち止まる。

「それじゃ、俺、行くわ」

「あぁ、達者でな。次は家に来い。みんなお前を待っている」

ウィスパと揃いの鱗を握りしめる。魔力を込めると、最初にあの島に飛んだ時のように光が出始める。

「12年間！」

俺は声をあげた。親父は突然光りだした俺に驚きながら見つめている。

まだ俺には親父に言ってないことがたくさんある。ウィスパのこととか、魔法陣のことも、あの島のことだってまだだ。だが、それはあまりに現実離れしていて、俺もどう話したらいいかわからない。

ただ、今この場で親父に言わなければならないことがあることだけは確実だ。

光はあっという間に俺を包む。

「俺を探し続けてくれてありがとう！」

言い終えた時には、もう目の前に親父はいなかった。

あまりにぎりぎりで親父に伝わったかどうかわからない。

だが、出てきた言葉は紛れもなく俺の本心だった。

家もない、金もない、家族もない。根無し草だと思っていたが、親父は、そして生きていると信じてくれているほかの家族は、俺のいつ切れてもおかしくないヒョロヒョロの細い根っこをつかんでくれていた。

俺がとっくの昔に諦めた繋がりを、家族がずっと大事に繋いでくれていたのだ。それが嬉しかった。

＊

ごぉぉぉ！

俺の感傷を切り裂いて、轟音が鳴り響く。

ウィスパのところに転移したはずだが、ここはどこだ？

耳をつんざく轟音と目を開くのも大変な風のせいで、強制的に思考が現実に戻ってきたのは転移してすぐのことだった。

目の前にあるのは、濃い灰色の鱗。その鱗の中で、俺の手元にあるのと同じ1枚の鱗だけは金色の魔法陣が光っている。

この魔法陣があるのは世界中を探してもウィスパだけだ。だがウィスパは白銀の美しい竜だったはず。こんな灰色の姿じゃなかったはずだ。

俺がいなかった半年で、いったい何があったのか？

周りを見渡すと、ウィスパははるか高い空を飛んでいた。俺が背に乗っているのも気が付かないようで、いつも乗せてくれる時よりもはるかに速いスピードで飛んでいる。

「おーい。ウィスパー！」

速度を緩めてもらおうと声をかけると急に上へと昇り始めた。

俺の言葉なんてまるで聞こえていないようだった。

「うわぁぁぁ１」

落ちないようにウィスパにしがみつく。

スピードが少し緩まり、ウィスパの体も大地と平行になってきたところですかさず首元まで這い上がるが、首でさえも到底腕が回る太さではなく、俺はウィスパの首から尾までつづくトゲトゲとび出た骨を必死につかんだ。

どれくらいしがみついていただろうか。あの後ウィスパは空中で身を振って暴れ回った。

その時何度か身を振ったウィスパと目が合ったんだが、その時は恐怖で手を放しそうになった。

ウィスパの目は血走っていて、まるで魔物と相対した時のような嫌な感覚が俺を襲ったからだ。

普通の魔物じゃない。圧倒的な恐怖の存在。

ウィスパはこんな禍々しい気を出さない。ウィスパは俺の言葉がわかるはずだ。

ウィスパはこんな灰色の鱗ではなかったし、目もこんな血走ってなんかない。

俺が付与した転移魔法陣が輝いていることだけが、ウィスパである証拠だった。

ウィスパは俺を振り落としそうになりながら、飛んだ。

何度も呼び掛けたが、ウィスパには届かない。

眼下に見えていた大地はもう見えない。あたり一面暗い夜の海だ。

海の上を飛んでしばらく、ウィスパの飛行が少し大人しくなった。さっきまでは、まるで我を忘れたように、もがき苦しむように、飛行もめちゃくちゃだった。

だが、今は疲れたのかよろよろと飛んでいる。

遠くにあの島が見えてきた。海へ突き出すような崖が見え、少しほっとした。

ほっとしたのもつかの間、よろよろと飛ぶウィスパの高度はだんだん低くなってきており、このままではあの崖にぶつかってしまう。

崖がどんどん近づいてくるが、ウィスパは避けない。

「おい！　ぶつかるぞ！」

そう言っても、ウィスパは動かない。いや、動けないのか。

どんどん近づく崖を見ながら、どうすればいいか必死に考える。

崖を壊すか？　下からウィスパごと風で持ち上げるか？

その時脳裏に閃いたのは、俺がここに来ることになったあの魔法。転移だ。

追い詰められていたのか、俺の頭もおかしくなっていたんだろう。わけもなく、俺はできると確信した。

近づきつつある崖をにらみながら、唱える。

「転移(テレポート)」

光に包まれた俺たちを見て、俺は何とかなったと思った。

そのすぐあと、ドスンと俺らが落ちたのは、東の原っぱだった。

「なんだこれ、魔力消費半端ねぇ。でも助かったー」

原っぱに落ちた衝撃で、俺はウィスパの背から転がり落ちる。横には薄灰色のウィスパが力なく横たわっている。

俺が親父のところから転移した時は濃い灰色だったし、目も血走り、禍々しい雰囲気で、暴れ回っていた。

それが徐々に落ち着くと同時に鱗の色も濃い灰色から薄い灰色へと変化した。もう目は血走っていないし、禍々しい感じもしない。ただ、疲れ果てているように見える。

その姿は、今まで何度も見たウィスパの姿だった。

「お前、どこかに飛んで行っていた度にあんな状態になっていたのか？」

咄嗟に使った転移に魔力を使いすぎて、力が入らない。

俺たちは東の原っぱで横たわったまま、そのまま眠りについた。

翌日動けるようになった俺は、西へと向かう。動けると言っても、体は鉛のように重い。

本当はまだ横になっていた方が良いんだろうが、腹が減った。

そして、ここは無人島だ。待っていても飯はやってこない。重たい足を引きずりながら、西の森まで行き、プラティーナをもいで食べる。

口いっぱいの甘さを感じて、島に帰って来たんだと実感した。

たった1日なのによほどお腹が空いたのか、5本ぺろりと食べてしまった。起きた時にウィスパに渡せるよう何本か持って原っぱへ戻る。

ウィスパはまだ眠っている。よく観察するとまだ薄汚れたように灰色がかっているが、昨日より確実に白へと戻っていた。

あれだけもがき苦しんでいたのだから、怪我をしたのだろうかと体によじ登り、あちこち確認するもそれらしい怪我はなかった。

ウィスパは島へ戻ってきて三日経って、元に戻った。


ウィスパがいつものウィスパに戻り、俺らの暮らしはまたいつものように戻った。

魚を取ったり、植物を観察したり、魔法の訓練をしたり……そんな暮らしだ。

今一番訓練しているのは、今回の旅で初めて使えるようになった転移だ。

条件を変えていろいろと試している。

例えば東の原っぱの端から端へ転移してみたり、原っぱから石碑に行ってみたり。

俺一人ならそれほど魔力を消費せずに転移できることが分かった。

ウィスパの巨体を転移させたから、あの時は魔力が根こそぎ無くなったのだろう。

転移の感覚はすぐにつかむことができた。転移なんて魔法、見たことも聞いたこともない。

強いて言えば虹の谷にあった遺跡ぐらいだが……なぜ俺は転移魔法を難なく理解し、使えるのだろうか。


この島のなかならどこへでも転移できるようになったので、あの日俺とウィスパがぶつかりそうになった崖の方へ行ってみることにした。

ウィスパに乗って、崖の裏へと回る。

やっぱりそうだ。いままで急な丘だと思っていた崖には、ぽつりぽつりと穴があった。

この間、崖にぶつかりそうになったことで初めて崖をこちら側から見て気づいた。

まるで窓のように等間隔の穴だ。

そこでウィスパに近づいてもらい、穴から中をのぞく。

暗くて良く見えない。小石を投げこむと意外にもすぐに音が鳴った。

地面が近いようだ。

「ウィスパ、ちょっと中を探検してくる。何かあったら俺は転移で帰るからお前も塒に戻っていていいぞ」

そう言って穴の縁に手をかけ中に入る。事前に小石を投げ込んで確認した通り地面は近かった。

「火(フエゴ)」

小さな火をつけてあたりを見回す。すると近くに燭台が見えた。

ここに人が住んでいたというのか？　燭台には幸い蠟燭が残っていた。蠟燭に火をつけるとさらに数歩先にもう一つの燭台が見える。もう一つの燭台に向かって歩きながら、あたりを注意深く見渡すと、どうやら俺が今いるところは通路のようだ。壁側には作り付けの棚が床から天井まで続いており、そこから大きく手を広げた先には手摺があったからだ。

もう一つの燭台に火をつけると、またさらに奥に燭台が見える。奥の燭台に向かいつつ観察するが、先程のと同じく空の棚が続くだけだった。

一つ、もう一つと進みながら燭台にある蠟燭に火をつけていく。つけた火を見返せば、この通路は緩やかに円を描いているようだ。半分くらいまで行ったところで下へと続く階段があった。

階段の降り口に何か模様があったような気がして、火を近づける。

そこには魔法陣が刻んであった。火系統の魔法陣だが、かなり複雑で俺にはちっともわからない。

わかるのは、火の規模が小さいことだけだ。規模が小さいなら何とかなるかと魔法陣を起動させてみる。すると、俺が歩いていないもう半分の通路にも火がともった。

驚いた……。

階段の降り口に設置されたこの魔法陣は、このフロア全ての灯りをつけるためのものだったようだ。なんと高度な術だろう。

少なくとも俺の知る付与魔法使いも火魔法使いもこんなものは作れない。

これを作ったやつは天才か？

カラヴィン山脈の遺跡にあった転移陣も、この灯り用の魔法陣もどれも今の時代にはない技術だ。

どうやら昔の文明の方が進んでいたらしい。それはわかるのだが、これほどの技術がなぜ残っていない？

残り半分の燭台に火がついたことで、この階の全体を見ることができた。

円形の通路の壁は全て棚が備え付けられており、俺が歩いたところの棚は空だったが、反対側の通路にはびっちりと本が入っていた。

階段を降りるとまたまた同じような魔法陣があったので起動する。

すると天井にあるシャンデリアの蠟燭が一気に灯る。シャンデリアと言っても城にあるような豪華なものじゃない。五つに分かれた腕に皿のような簡易な燭台がつけられているシンプルなものだ。

だが、天井に明かりがつくだけで部屋は一気に明るくなった。

部屋の隅々が見えるようになり分かったのは、この階は通路ではなく、階全体が一つの部屋になっているということ。

そして部屋の中央には二つの大きな机があり、一つの机には大小一つずつ箱が置かれている以外何もない。もう一つの机には、紙が乱雑に広がっている。

俺は一つ一つじっくり調べるのは後回しにして、さらに下へと進むことにした。階段の下にはまた同じ魔法陣があり、起動すると壁や天井にある灯りがともった。

そこには二つの部屋があり、中を確認すればどちらも寝室のようだった。

そしてさらに下に向かって驚いた。そこには、小さな台所と浴室があったのだが、中が雪のように冷たい戸棚があったり、起動させれば水が出てきたり、お湯が出てきたり。大貴族しか持っていないような、いや大貴族も持っていないかもしれない夢のような道具ばかりだったからだ。

無人島とは思えない高性能な塔。ここは一体……。


それから俺はここで暮らすようになった。昼は外に出て、ウィスパと食事をしたり、魔法の訓練をしたり。植物の観察やその日の食材探しにも勤しんだ。夕方には塔へ帰り、本を読む。実際に大量の本が見つかったからか俺のライブラリアンで読める本も増えた。同じタイトルの本もあったのでここにある本が増えたのだと思う。だがせっかく実物があるのだ。ここでは俺は実物の本を読むようにしている。棚の端から次から次へ読んでいく。魔法陣に関する本が多く、まだ俺には難しく実践できないこともあったが、とりあえず手に取って、目を通した。

ウィスパもあまりどこかへ行かなくなった。濃い灰色になったウィスパを見た後はどうにも心配になり、塔にいるときも魔力感知して島にいるか確認したものだが、最近のウィスパは真っ白だし、飛んでいくことも少なくなった。

夢だった虹の谷を目指してから俺の人生はガラッと変わった。大したやる気もなく、たった一人。誰も寄せ付けずに生きてきた俺が、寂れた村のためにウォービーズを討伐し、竜と友にもなった。ランディーを治したり、砦を作ったり、12年間音信不通の家族にも会え、急に人とのつながりができた。植物や魔法など知りたい、極めたいと思うことも出てきた。

本当に変わった。変わったが、この変化を俺は好ましく思っている。

俺の中にまだ不安はある。ウィスパだ。最近灰色のウィスパを見ていないとはいえ、またいつあなるかわからない。だが、この平和な日々が砕け散るのではないかとこの小さな不安から俺は目を背け続けていた。

そんな不安はありつつも穏やかで平和な日々が続くのだと思っていたある日、俺は一冊の本を見つけた。

その本の名は『瘴気』。

何か予感めいたものを感じながら、震える指先でページをめくる。

ここから、俺の人生がまた変わっていく。そんな予感だった。

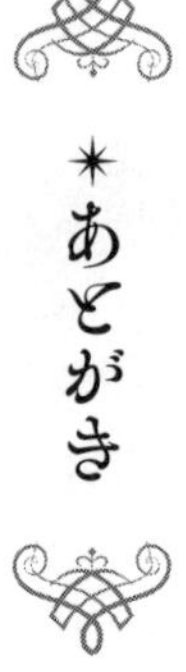

あとがき

こんにちは。南の月です。『ライブラリアン　本が読めるだけのスキルは無能ですか!?』の2巻を手に取っていただきありがとうございます。あとがきは自由に書けるので、どんなことを書けば読者の皆様に楽しんでもらえるかなと試行錯誤しながら書いています。

あとがきを書いている今、SNSでは「#作家は経験したことしか書けない」というハッシュタグが盛り上がっているようです。

私の小説はファンタジー小説ですから、ほとんどのことは経験していないことの描写になるわけですが、それでもライブラリアンの1巻を読んだ身内に、私小説かと言われたことがあります。

このハッシュタグの意見が真実なのかどうかはまだ作家になりたての私にはわからないところではありますが、身内が私小説かと思ってしまう理由は何となくわかります。

もちろん私は魔法を使えないし、貴族ではないし、テルミスみたいな努力家でも、あんなに可愛い女の子でもありません。それは身内も百も承知ですが、所々に私が経験したことが書かれていますし、私自身に経験のないことも「私」というフィルターを通して創造された世界なので、きっと至る所から「私らしさ」みたいなものを感じるためではないかと思っています。

その「らしさ」というのは、過去の経験や見聞きしたこと、調査したことに対して、感じたことや想像したことが元になっていると思うので、そういうところが「経験したことしか書けない」と思われる所以（ゆえん）かもしれません。

私個人の話に限りますが、「この経験を小説に落とし込むぞ！」と意識すればするほど書くのが難しく、「経験したことすらも書けない」ので、経験したことを書けることは、すごい才能だなと思います。

2巻はテルミスの冒険パートでしたね。住み慣れたドレイト領からカラヴィン山脈を歩き、隣国へ。作者である私は徒歩で山脈を越えた経験も、魔物と戦った経験もありません。ですが、バックパックを担いで、旅をしたことはあります。

旅をしたのはもう10年以上も前のこと。南米アルゼンチンの首都ブエノスアイレスを拠点にチリやペルー、ボリビア、ウルグアイと南米各地を夫と二人で旅しました。

当時はまだスマホが出始めた頃で私は持っていなかったので、大きなノート型パソコンや分厚いガイドブック、電子辞書を前に抱えるリュックに入れ、ショルダーバックにはすぐに使うハンカチなどのエチケット用品とカメラや財布を。背中に背負う一番大きなバックパックには、着替えや化粧品はもちろん、スペイン語教材や本、重たい変圧器に海外対応のドライヤー、トイレットペーパーに洗濯グッズ、レインコートやサンダル、醤油などの日本の味に、旅の途中で買ったお土産までありとあらゆるものが入っていました。

着替えと一口に言いましても私の旅は8か月と長かったし、行く場所も幅広かったので、夏の半袖から冬のダウンまで、旅の間のアウトドアな服装から街歩き用のスカートまでその全てをバックパックに詰め込むことになります。

トイレットペーパーなんていらないのでは？　と思われるかもしれませんが、当時南米のトイレはトイレットペーパーなんて置いていないところも多かったのです。トイレの前でトイレットペーパーを売ることを商売にしている人もいるくらいでした。

本当に生活と旅に必要なものすべてを持ち歩いておりましたから、これはテルミスと同じですね。

1巻の終わりではテルミスが高山病で寝込んでいましたが、これも経験があります。

私が軽い高山病で寝込んだ町は、ボリビアの国境の町ビジャソンというのですが（ビジャソルンではありませんよ。ふふふ）、標高3400メートルを超える場所にあるのです。ここまで高所だとさすがに酸素が薄いのか、一歩歩くだけで息が切れ、ただ歩くだけで高地トレーニングのようです。

そんな状態なのに前後に大荷物を持っているので、ビジャソンでは同じく軽い高山病だった夫に引っ張ってもらいながらよたよた歩いていた記憶があります。テルミスの魔法のポシェットがうらやましい限りです。

ビジャソンは今ではすっかり有名になってしまったウユニ塩湖（標高約3700メートル）に行く為に通った町なのですが、行きは高山病でふらふらになり、帰りはというと、ボリビアを出国し、アルゼンチンへ入国するまでに8時間も待たされることになりました。ちなみにその帰りの旅路は高速バスでなんと38時間半もかかりました。今はもうできません。

あとがきを書いていて気づきましたが、テルミスもクラティエ帝国入国後、半日スタンピードで足止めされていますね。作家は経験したことしか書けない……本当なのかもしれません。

最後に、皆様の応援のおかげで2巻をお届けすることができました。ありがとうございます。

2巻も楽しんでいただけたなら嬉しいです。

1巻発売の時にSNSや販売サイト等で評価をつけてくださった方、口コミを書いていただいた方もありがとうございます。嬉しくて頬を緩めながら読みました。

そしていつも可愛いテルミスで作品の世界を広げてくださるHIROKAZUさん、作家1年目で右も左もわからない私を導いてくださる編集の結城さん、本書に携わってくださった皆様。いつもありがとうございます。おかげさまで2巻も素敵な本になりました。

また読者の皆様とお会いできることを願っています。

南の月

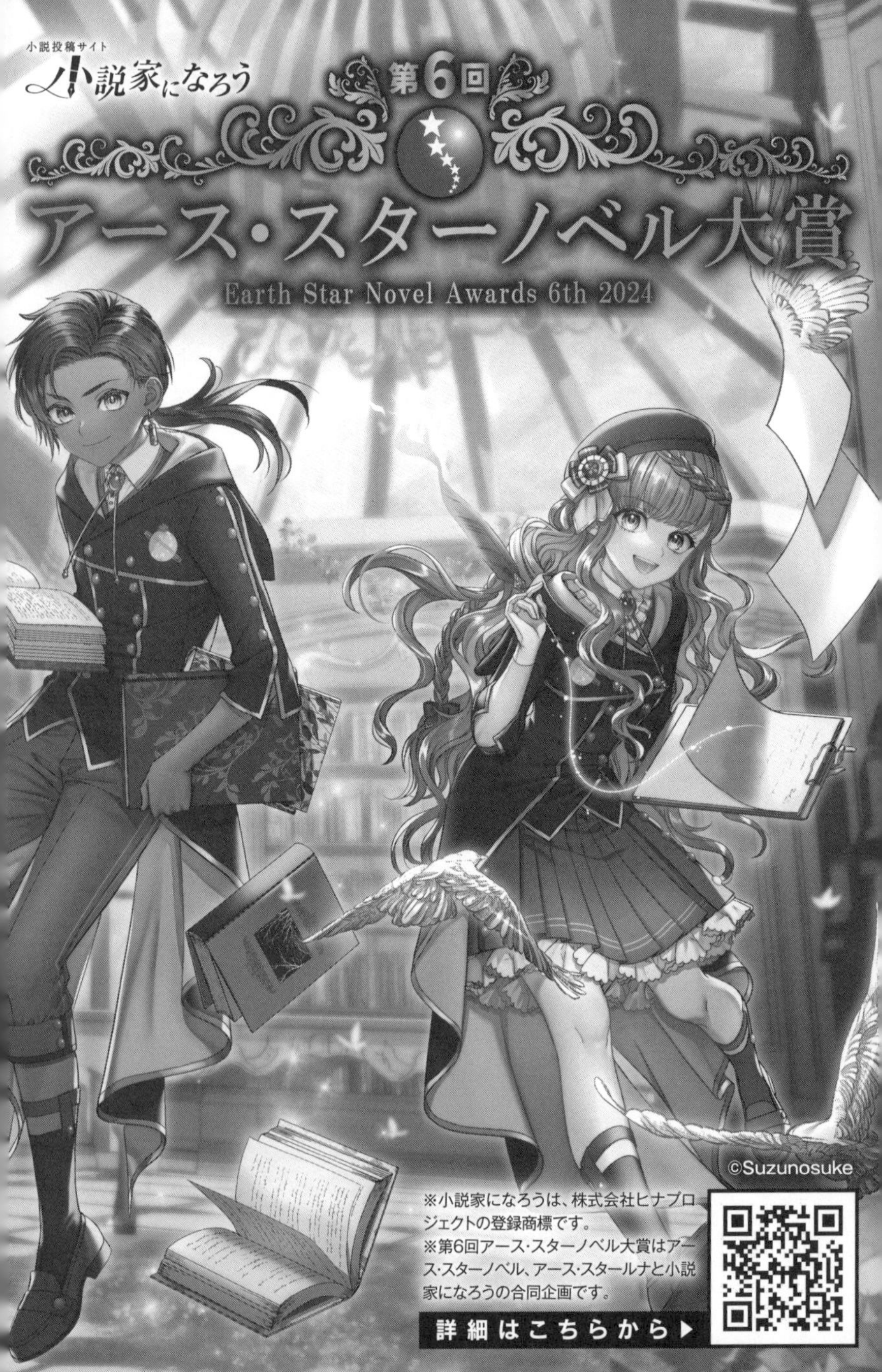
小説投稿サイト
小説家になろう
第6回
アース・スターノベル大賞
Earth Star Novel Awards 6th 2024
©Suzunosuke
※小説家になろうは、株式会社ヒナプロジェクトの登録商標です。
※第6回アース・スターノベル大賞はアース・スターノベル、アース・スタールナと小説家になろうの合同企画です。
詳細はこちらから▶

大賞

賞金200万円

＋2巻以上の刊行確約、コミカライズ確約

「小説家になろう」に投稿した作品に「ESN大賞6」を付ければ応募できます!

応募期間

[2024年]

1月9日～5月6日

佳作 50万円 ＋2巻以上の刊行確約

入選 30万円 ＋書籍化確約

奨励賞 10万円 ＋書籍化確約

コミカライズ賞 10万円 ＋コミカライズ

ライブラリアン②
本が読めるだけのスキルは無能ですか!?

発行 ―――― 2024年2月1日　初版第1刷発行

著者 ―――― 南の月

イラストレーター ―――― HIROKAZU

装丁デザイン ―――― 石田隆（ムシカゴグラフィクス）

発行者 ―――― 幕内和博

編集 ―――― 結城智史

発行所 ―――― 株式会社アース・スター エンターテイメント
〒141-0021　東京都品川区上大崎 3-1-1
目黒セントラルスクエア　7F
TEL：03-5561-7630
FAX：03-5561-7632

印刷・製本 ―――― 中央精版印刷株式会社

ISBN 978-4-8030-1898-1